15
Author
進行諸島
Illustration
風花風花
転生賢者の異世界ライフ
～第二の職業を得て、世界最強になりました～

このまま
まっすぐ進んで！
衰弱したドライアドから
『植物たちが呪いで弱っている』と聞いたユージ。
原因を突き止めるため、ドライアドの森へ急行する！

了解ッス！

スラバード――、
島に降りて待機してくれ

わかった〜
「地母神の霊薬」の採掘のため、
冒険者たちと共にベジリス島へ向かうユージ。
島の状況を把握するため、スラバードに偵察させる。

どうやら王国は
リゼア公国へ戦争を
仕掛けるつもりのようです。

……!?
『湿り日照り』と呼ばれる現象がリゼア公国によって
人為的に引き起こされたものと推測するシュタイル神父。
不穏な気配を感じ取ったユージの選択は――!?

Tensei Kenja
no Isekai life

contents

第一章
P003

第二章
P036

第三章
P083

第四章
P105

第五章
P142

第六章
P165

第七章
P190

第八章
P216

転生賢者の異世界ライフ
〜第二の職業を得て、世界最強になりました〜

転生賢者の異世界ライフ

～第二の職業を得て、世界最強になりました～

15

Author
進行諸島
Illustration
風花風花

Tensei Kenja
no Isekai life

第一章

chapter 01

Tensei Kenja no Isekai life

「ここは……？」

目覚《めざ》めると、花畑の中にいた。

先程まで……少なくとも意識のあったうちはあった黒い水たまりは跡形もなく消えている……というか、そもそも地形が変わっている。

俺《おれ》がいた場所は「極滅の業火《ごうか》」によって焼き払われた荒れ地だったはずなのに、今はあたり一面の花畑だ。

「そうか、俺は死んだのか……」

俺はそう呟《つぶや》きながら起き上がる。

死因はなんだろうか。

俺は『神域の聖火』という大規模魔法を『黒き呪《のろ》いの龍』に向かって放ち、MP不足で意識を失った。
もし『黒き呪いの龍』を倒しきれなかったならまず命はないだろうし、単純に魔力を使い尽くして反動で死んだという可能性もある。

まあ、考えても仕方のないことだな。
そう思っていると、足元からスライムの声が聞こえた。

『ユージ、おきたー！』
『だいじょぶそうー！』

……ん？
スライムとプラウド・ウルフも一緒に、死後の世界に来たのだろうか。
だとしたら、俺が気を失った後で何が起こったかは彼らが知っているはずだ。
『あの後、何が起こったんだ？』
『えっとねー、ドラゴンがいなくなって……』

『それから、お花が生えてきたよー！』
スライムたちは、俺の言葉にそう答えた。
ドラゴンがいなくなって……ということは、勝ったということだろうか。

『じゃあ、俺は死んでないのか？』
『しんだー？』
『ユージ、しんでないよー！』

どうやらこの花畑が死後の世界だというのは、勘違いだったようだ。
などと考えていると俺は、肩に乗っているスライムがやや軽いのに気付いた。
スライムは合体すると、少しずつ重くなっていく。
気を失った時より軽いということは……数が減ったのだろうか。
『スライムたちはどうした？』
『魔物とかこないか、みんなで見てるよー！』

『でも、なにもこないー！』

なるほど、自分たちでスライム監視網を作って、守ってくれていたというわけか。

『もし敵が来たら、いつでも背負って逃げられるッス！』

『弱い魔物なら倒すつもりだったが、何も来なかったぞ、主よ』

どうやらプラウド・ウルフとエンシェント・ライノも、俺の守りに加わってくれていたようだ。

エンシェント・ライノとプラウド・ウルフがいる今だと、俺が気絶していてもある程度戦えるのかもしれない。

などと考えつつ俺は、ステータスを確認する。

職業：テイマー　賢者

スキル：テイミング　光魔法　闇《やみ》魔法　火魔法　水魔法　土魔法　雷魔法　風魔法　時空魔法　特殊魔法

大魔法　使役魔法　付与魔法　加工魔法　超級戦闘術　術式解析　エトワスの魔法

属性：なし

HP 5261/18976
MP -1062/1265025

状態異常はなく、HPも3割近く残っているようだ。
MPだけはマイナスだが、全く戦えないという感じではないな。
今までの経験からいくと、終焉《しゅうえん》の業火一発くらいであれば何とかなるだろう。

そう考えつつ俺は、『感覚共有』で状況を確認する。
この花畑は、俺が『神域の聖火』を使った場所を中心として発生しているようだ。
どうして解呪《かいじゅ》魔法によって花畑ができるのかは……専門家に聞いてみるとするか。

『ドライアドを呼んでくれ』

俺はドライアドのもとにいるスライムに、そう告げた。
ドライアド自身はテイムしている魔物ではないのだが、その近くには何匹かのスライムを常駐させているため、いつでも連絡が取れるというわけだ。

『わかったー!』

『でも、げんきなさそうー』

『ユージのほう、行くってー』


元気なさそう……?

ドライアドの方でも、何かあったのだろうか。


そう考えていると、近くに咲いていた花の一つが膨らんで、ドライアドが出てきた。

どうやら転移できないほど弱ってはいないようだが……確かに顔色が悪いように見える。

『調子が悪いと聞いたが……転移して大丈夫なのか?』

『うん。……むしろ、やっと過ごしやすい場所が見つかって助かったよ』


過ごしやすい場所……か。

それは、ドライアドが体調を崩していたのと関係があるのだろうか。

周囲に花が咲いているのに関係があるかもしれない。

ただの荒れ地だった場所に花が咲くとなると、なにかしら植物にとってプラスになることが起きているのは間違いないだろうしな。


『……ここだと過ごしやすいのか？』

『うん。きれいな魔力が沢山あると、植物は育ちやすいんだよ。……それに、ここなら呪いもないしね』

『呪い？』

『……うん。この大陸の中……少なくとも私が行ける森は全部、呪われちゃってるみたい。特に私の森は、呪いがひどくて……』


森が全部呪われた……？

それは大事件ではないだろうか。

この大陸には、数えきれないほどの森があるはずだ。

そのすべてをまとめて呪うとなると……どれほどの量の呪いなのか想像もつかない。

しかし、心当たりが一つあるな。

『もしかして、俺が倒したドラゴンのせいか？』


俺はつい先程……気絶する前に放った魔法で、呪いの塊みたいなドラゴンを倒したばかりだ。

ドラゴン自体は倒せたとみて間違いなさそうだが、呪いを完全浄化できたのかというと……あまり自信はない。


なにしろ、相手はあの『研究所』が作った呪いのドラゴンなのだ。

前回に倒した時も、倒したドラゴンは呪いへと変わり、レリオールを復活させることになった。


一応、内部でスパイとして聞いていた感じだと、今回はそういった目的でドラゴンが生み出されたという話ではなさそうだが……そもそもドラゴンを生み出す『三号計画』自体、研究所内部でもごく一部のメンバーにしか知らされていなかった。

そのあたりを考えると、実はあのドラゴンが、世界中に呪いを撒《ま》き散らすためのものだったとしても不思議ではない。

前回の呪いでも、俺やスライムたちには何の影響もなかったので、今まで気付かなかったのも不自然ではないしな。

そう考えていると、ドライアドが口を開いた。

『うーん……そのドラゴンって、ここで倒したの？』

『ああ。このあたりだ』

『じゃあ、違うと思うよ。……このあたり、呪いはすっごく薄いから』

そう言ってドライアドは、あたり一面の花畑を見回す。

まあ、このあたりに呪いがないのは確かだな。

もし呪われているなら、エンシェント・ライノあたりが気付くだろうし。

『……呪いが薄いのは浄化の影響じゃないか？　俺が使ったのは花を咲かせる魔法じゃなくて、浄化魔法だ』

『私、ちょっと遠くの呪いとかでも感じ取れるんだけど……呪いがある場所でも、私の森とかよりずっと薄いと思う。……呪いの源がすっごく遠いんじゃないかな』

なるほど、ここは別の場所で呪いが始まったのか。

しかも、大陸中の森を全部まとめて呪うほどの何かが使われたらしい。

だとすると、それこそ犯人は『研究所』でほぼ間違いないだろうな。

たまたま他の呪いとドラゴンの召喚が同じタイミングになるなど、偶然とは考えられない。

もし彼らの目的が、この世界を滅ぼすことなのだとしたら……ドラゴンと一緒のタイミングで呪いを撒き散らすことによって、より確実に世界が滅ぶように仕向けたといった感じだろうか。

しかし、世界が滅ぶほどの呪いだとしたら、ドライアドに聞くまでもなく、スライムたちが気付くだろう。

スライムたちはエンシェント・ライノほど呪いに敏感というわけではないが、強い呪いであれば感じ取ることができるはずだ。

ドライアドのもとにいたスライムたちも、そういった異常があったら教えてくれるはずだしな。

『その呪いって、あんまり強くないのか？』

『あ、呪い自体はすっごく弱いよ。……人間とかには無害だし、普通の魔物は気付かないくらいじゃないかな？』

なるほど、やはり弱い呪いなのか。

まあ、世界中に呪いをばらまくとなれば、呪いが薄くなるのも当然かもしれない。

……いずれにせよ、状況はちゃんと確認する必要がありそうだ。

たとえ今は人間にとって無害なレベルの呪いだとしても、今後もそうだとは限らないからな。

呪いによって生態系に影響があったりしたら、人間の生活にも問題が起きるかもしれない。

『どこが呪いの源か、分かるか？』

『うーん……ここだと遠すぎて分からないけど、私の森のほうなら分かるよ』

『案内してくれ』

◇

それからしばらく後。

プラウド・ウルフに乗って移動した俺は、ドライアドの森までやって来ていた。

『……木とかは普通そうだな』

『このあたりは、まだ影響が小さいからね』

そう言ってドライアドは、あちこちの木から顔を出すようにして俺たちを先導する。
どうやらドライアドの瞬間移動（？）は、大して体力を消費しないようだ。
などと考えつつ進み、ドライアドの森を抜けてから1時間ほどが経《た》った頃。
あたりの景色が変わり始めた。
まるで日照りにでもあったかのように、下草などが萎《しお》れている。
茶色く枯れているようなものはないが……どことなく元気のなさを感じるな。
『ユージ、ちょっとペースを落としてくれるかな？』
『どうした？』
『呪いが濃くなってきたから、木から生えるのは難しいかも』
なるほど、瞬間移動が難しいというわけか。
それなら……簡単な解決方法があるな。

『プラウド・ウルフかエンシェント・ライノに乗るか？』

『乗せてくれるなら嬉《うれ》しいけど……どっちがいいかな？』

『速さ優先ならエンシェント・ライノ、乗り心地と安全性が優先ならプラウド・ウルフだ』

『分かった』


そう言ってドライアドは、俺の後ろ……つまり、プラウド・ウルフの背中に乗った。

どうやら、交通事故死はしたくなかったようだ。

賢明な判断だと思う。


『プラウド・ウルフ、二人乗って大丈夫か？』

『大丈夫ッス！』


そう言ってプラウド・ウルフは、元気に走ってみせる。

ペースは普段とまったく変わっていないし、息を切らすこともないようだ。

やっぱりプラウド・ウルフって、魔物としては強いんだよな……。

俺を乗せて何時間もぶっ続けで走っても疲れた様子一つないし、今も別に無理をしている雰囲気はない。

　声さえ聞こえなければ、強くて格好《かっこ》いい魔物なのかもしれない。

『このまままっすぐ進んで』

『了解ッス！』

　プラウド・ウルフはそう言って、安定したペースで進んでいく。

　すると……進むにつれて周囲の草は元気をなくし、ついには茶色く枯れている草まで現れ始めた。

『……呪いを感じるぞ、主よ』

　どうやらエンシェント・ライノも、呪いを感じ取ったようだ。

　呪いがこの先にあるという話は、間違いなさそうだな。

『ドライアド、ここにいて大丈夫か？』

ドライアドは、あまり呪いに強くない魔物だという印象がある。

呪いの濃い場所にいたら、体調を崩してしまわないか心配になるが……。

『そんなに濃い呪いじゃないから、大丈夫だよ。……呪いは地面に広がってる感じだから、足をつかなければ大丈夫だしね』

『……俺たち、走ったらヤバいッスか……？』

『ユージの魔物なら、大丈夫だと思うよ。そんなに濃い呪いじゃないしね』


そう話しながら、俺たちは呪いの源の方へと進んでいく。

一応、プラウド・ウルフが呪いにかかったりしていないかは確認しながら移動しているが、今のところ問題はなさそうだ。

イビルドミナス島の時は、いつの間にか呪いの影響を受けて勇敢になったりしていたので、油断はできない。


そうして走ること5分ほど経った頃。

森の中に、1本の黒い円柱が立っているのが見えた。

円柱の太さは3メートルといったところだろうか。

高さは1メートルほどしかないが、ずいぶんと太いようだ。

地面に埋まっているような感じがするので、本当の長さはもっと長いのかもしれない。


『あれか』

『うん。あれが呪いの源だと思う』


柱の材質は、恐らく何らかの金属だ。

あまり禍々《まがまが》しい雰囲気はないので、さほど強い呪いではないのかもしれない。

そう考えつつ俺は、スライムに指示を出す。


『柱を取り囲んでくれ』


正体が分からないものが相手の場合、周囲をスライムで取り囲み、結界で囲んでから魔法転送で一気に解呪するのが基本だ。

中途半端《ちゅうとはんぱ》にやると、呪いが飛び散ったりするからな。

見た目はさほど強くなさそうな呪いでも、油断は禁物だろう。

『まほう使って、大丈夫ー？』

『また、たおれないー？』


スライムたちは指示に従って移動しながらも、心配そうな声をあげる。

ついこの前、魔法の使い過ぎで倒れたのだから、心配をするのも無理はないだろう。

あの時に使ったのも、解呪魔法だったしな。


『使うのはいつもの解呪魔法だから大丈夫だ。……魔力もだいぶ回復したしな』


俺はそう言って、ステータスを確認する。

まだ全回復には程遠いが、魔力はすでにプラスになっている。

解呪・極くらいだったら使ってもMPはマイナスにならないので、反動でHPが減るようなこともないだろう。


などと考えたところで俺は、この呪いについて調べる方法があるのを思い出した。

『術式解析』だ。

魔法の術式と呪いは厳密には違うようだが、以前にレリオールにかかった呪いを分析する時にもある程度は役に立ってくれたので、期待できるかもしれない。

「術式解析」

俺が魔法を発動すると、小さなウィンドウが表示された。

呪いの残滓《ざんし》

大昔に作られた呪いの残滓。
弱い呪いの効果を持つ。

……情報がとても少ないな。
レリオールの時には効果も書かれていたのだが、ここには具体的な効果が書かれていない。
まあ、『弱い』ということが分かっただけでも収穫か。

「魔法転送——対魔法結界」

「魔法転送——解呪・極」


俺は柱を囲うように結界を張ると、解呪魔法を発動した。

すると……柱の色が、少しだけ明るくなったような気がする。


「術式解析」


今度は、何も表示されなかった。

先程はあった呪いの残滓は、解呪によって消えたようだ。

『これは……解呪されたのか？』

『うーん、呪いっぽい感じはなくなってるね』

一応ドライアドにも確認を取ってみたが、呪いに敏感なドライアドも、今の柱からは呪いを感じないようだ。

俺は警戒しながらも、柱に近付く。

先程まで呪われていたものなので、あまり気は進まないが……どんなものだか確認する必要はあるからな。


「……随分と古そうだな」


俺は柱を見て、そう呟いた。

表面にはあちこち苔《こけ》が生え、錆《さ》びて穴が空いている場所もある。

どう短く見積もっても、10年は前に作られたものだろう。

中身がどうなっているのか気になるところだが、流石《さすが》にこれを壊してみるのは少し勇気がいる。

それこそ無駄に呪いを撒き散らすようなことになりかねないので、せめて魔力が全回復してからやりたいところだ。

などと考えていると、ギギギ……という音が、柱の中から聞こえた。


「対物理結界、対魔法結界！」

俺はとっさに、防御魔法を発動する。

すると……次の瞬間、柱の側面がバラバラになり、外側に倒れるようにして開いた。

柱の中からは何やら古い魔道具が姿を現したが……特に何かが起きる様子はないな。


「術式解析」

壊れた術式

使用済みの、壊れた術式。

元々は広範囲に呪いを散布する術式であった可能性が高い。


どうやら、すでに効果はない魔導具のようだな。

……今のタイミングで壊れたのは、解呪魔法によって、柱を支えていた何かの術式が壊れたからかもしれない。

などと考えつつ俺は、念のためにもう一度解呪魔法を発動する。

「魔法転送――解呪・極」


とりあえず、これで柱の中身も解呪できただろう。

呪いが残っている雰囲気もないので、特殊な解呪魔法は必要がなさそうだ。

もっとも、この柱にあった呪いが解けたからといって、安心できるというわけではない。

むしろ逆だ。


ここにあった呪いたちは、『術式解析』で調べた限りだと、壊れているというよりは『使用済み』という雰囲気だった。

つまり、この柱はすでに役目を果たした後だというわけだ。


『ドライアド、森の呪いは解けたか？』

『ううん……ダメみたい』


やっぱり、そういうことだよな。

この柱自体は抜け殻のようなもので、すでに中身だった呪いは放たれた後だというわけだ。

それも、先程の話だと……呪いは大陸全土を覆《おお》うほどに広がっているらしい。

『この柱1本で、大陸全体に呪いを撒けるのか……？』

『うーん、多分これと同じのが、何百個もあったんだと思う。呪いが濃い場所がところどころにあって、そこから広がってる感じかな』

『……そこまで準備されてたのか……』


瞬間移動できるドライアドがあちこち調べた結果がこの感想なら、恐らく柱が数百本あったという推測は合っているだろう。

柱を解呪するだけなら、スラバードやエンシェント・ライノの機動力で柱を1本ずつ探して解呪するという手はあるが……かなりの時間がかかるだろうし、ただの抜け殻を相手にそこまでしても意味が薄そうだ。

世界中に広まってしまった呪いはどうしようもない……というか何百本もあるなら事前に気付いてすら対処のしようはなかったので、呪いが大した効果を持っていないことを祈るしかないな。

『とりあえず、ドライアドの森だけ解呪しよう』

『……いいの？』

『ああ。ドライアドの森くらいの範囲なら、時間をかければなんとかなるはずだ。……急いだほうがいいか？』


解呪魔法の弱点は、範囲があまり広くないことだ。

『神域の聖火』なら一度に森全体を解呪できる可能性もなくはないが、あれは魔力消費量が危険すぎるので、できるだけ使いたくはない。

回復した魔力を少しずつ使いながら、魔法転送で解呪して回るような形になるだろう。


『うーん、森の中心部だけは早く解呪してくれると助かるかも。そんなに強い呪いじゃないから、全部は解呪しないでも大丈夫だと思う』

『分かった。……スラバード、スライムを森の中心まで運んでくれ』

『わかった～』


そう言ってスライムが、ドライアドの森の中心へと飛んでいく。

俺はその様子を見ながら、この呪いの目的について考える。

そして……一つの目的に思い当たった。

『ドライアド、人間の作物についても詳しいのか？』

『うーん……植物だったら、実物を見れば育て方とかは分かると思うよ』

なるほど、作物であろうと植物は植物か。

だとしたら、聞く相手はドライアドで間違っていなさそうだな。

『薄い呪いでも、作物の収穫量が減ったりしないか？』

『うーん……人間がいるところは呪いが薄いから、大丈夫な気がするけど……』

……人間がいるところは、呪いが薄いのか。

先程解呪した柱も人里離れた場所にあったたし、見つかりにくいように隠しているということなのかもしれない。

そうすると、柱は畑からも遠い場所になり、畑にはあまり影響がなくなるというわけだ。

などと考えていると、ドライアドが口を開いた。

『……あっ！　やっぱりダメかも！』

どうやら、大丈夫ではないようだ。

何か見落としていたことでもあったのだろうか。

『何がダメなんだ？』

『今生えてる植物たちは、このくらいの呪いなら大丈夫だと思うけど……生えたばっかりの植物は、呪いに弱いと思う』

『なるほど、今から植える作物に問題が起きるってことか……』

もしかしたら、研究所の狙《ねら》いはこれだったのかもしれない。

黒き呪いの龍と同時に、食料危機を起こすことによって、より効率的に人類を滅ぼそうというわけだ。

研究所の全員が、人類を滅ぼしたがっていたとは限らないが……リーダーであったクレドは何十年も前から人類を滅ぼすべく動いていたので、あのような仕込みをしていたことに驚きはない。

『呪いがあると、植物はどうなるんだ？』

『人間が育ててる麦とかは抵抗力が弱いから、呪いが強い場所だと芽が出ないかも。……呪いが薄い場所でも、普段の半分も収穫できればいいほうかな』


……なかなかまずそうだな。

確かに、収量を重視して品種改良された作物は病気などに弱いという話はよく聞くが……それは病気だけでなく、呪いへの耐性という意味でも同じなようだ。

大陸全土に呪いが広がっているとしたら、これ以降に種まきをした作物の収量はよくて半分ということになる。


そうなれば、かなり深刻な飢餓が起きるだろう。

なにしろ今だって、別に食料が大量に余っているというわけではないのだ。


確かに、俺たちが普段食べるのは魔物の肉が多い。

だが、それは冒険者に限っての話で、一般人の食料はむしろ穀物などがメインのはずだ。

乱獲によって魔物が滅んだという話は聞かないが、魔物狩りは危険性や輸送の問題などがあり、そこまで大量の食料を継続的に供給するのに向いているわけではないからな。

もしかしたら、国などには不作に備えた備蓄があるのかもしれない。

しかし、この呪いがなくなるまで何年も不作が続くようなら、いずれ備蓄は尽きるだろう。

それまでに呪いをなんとかできなければ、大飢饉《ききん》が待っているというわけだ。


飢饉は俺にとっても他人事ではない。

確かに俺たちは自力で魔物を倒し、それを焼いて食べることができるので、餓死する可能性は低いだろう。

問題はスライムだ。


スライムは人間に食べられない植物などを食べることができるので、餓死することはまずない。

だが……問題は、スライムたちが食べる肉だ。

世界が大飢饉に陥《おちい》り、人間が餓死しているような世界で、スライムに肉を与えているのがバレれば……まず許されることはないだろう。

しかし、スライムたちが大飢饉の終わりまで何年も肉を食べずに我慢してくれるかというと……極めて難しい相談だと言わざるを得ない。

我慢の限界に達したスライムたちが暴動を起こし、食料庫でも襲撃し始めたら……国中の食料庫は、あっという間に空っぽになってしまうだろう。

少しでも隙間《すきま》があればスライムは簡単に入り込み、中にあるものをすべて食い尽くすのだ。

世界の飢饉はさらに加速され、下手をすれば滅ぶ。

『……何とか育てる方法は思いつくか？』

俺はドライアドに、そう尋ねる。

一番簡単に思いつく方法としては、農地を片っ端から全部解呪して回るという手があるが……どれほど広範囲にわたって解呪をする必要があるかを考えると、とても現実的とは言えないだろう。

解呪魔法を使える冒険者をすべて動員し、魔力をすべて解呪魔法だけに使ったとしても、すべての解呪を終えるには途方もない時間が必要なはずだ。

できれば、呪いを解呪しないでも何とかなる方法があるといいのだが……。

『うーん……呪いに耐性がある作物を作るとかはどうかな？』

『そんなものがあるのか？』

『収量が少なくていいなら、いくつか思いつくけど……結局は食糧不足になっちゃうね』


確かに、それだと意味がないな。

わずかな収量減少で済むなら話は別だが、そんなものがあるなら最初から言っているだろう。


『あとは、呪いに対抗できる肥料を撒くとか？』

『……そんなものがあるのか？』

『呪いがある場所でも作物が育ってるのは見たことあるよ。……なんか『地母神の涙』と似た肥料が撒かれてたけど、名前までは知らないんだよね……』


なるほど、そんなものがあるのか。

それなら、ギルドあたりに呪いのことを伝えておけば、国にそれを撒くように伝えてくれるかもしれない。

まあ、その肥料が貴重品だったりしたら、国にある畑すべてに撒くというわけにはいかないかもしれないが。

『ちなみに、『地母神の涙』じゃダメなのか？』

『うーん……あれは別に呪いに強くなったりする効果はないから、意味ないと思う。……すごく沢山まけば収穫量は増やせると思うけどね』

すごく沢山か……。

一応、地母神の涙はそれなりにストックがあるはずなので、案の一つとしてはギルドに伝えてもいいかもしれない。

実際にできるかどうかは、国が考えるだろうしな。

その日の夜。

ドライアドの森の中心部を解呪《かいじゅ》し終わった俺《おれ》は、王都のギルドへとやってきていた。

世界に呪いが広がったことと、それが作物に与える影響について、ギルドに伝えようというわけだ。


しかし、どう説明したものか……。

いきなり『世界は呪われている！　作物を育てるには特殊な肥料が必要だ！』などと言ったりしたら、高い肥料を売りつけようとする詐欺師だと思われてしまうかもしれない。

というか、俺が言われた側だったら、間違いなくそういった詐欺だと思うことだろう。


などと考えつつ俺は、面識がある職員がいないかどうか探す。

だが、見覚えのある顔は、一人もいなかった。

そして残念ながら、今から連絡を取れるほどちゃんと知っている職員は、この支部にはいない。

どうやら、俺は初対面の職員に対して、呪いがどうのと話すしかないようだ。

もしダメだったら、面識のある支部長がいる支部か、シュタイル司祭あたりを通すことにしよう。

それか、王都王立学園の先生に話せば、少しは話を聞いてくれるかもしれない。

王都のギルドに直接伝えるのに比べればタイムロスになるが、信じてもらえないよりはマシだからな。


「呪いを見つけたんだが、そういう報告はこの窓口でいいのか？」

「呪い……ですか？」


俺の言葉を聞いて、受付嬢が訝《いぶか》しむような顔をする。

『変なことを言う不審者が来たぞ』とでも言いたげな顔だ。

なんだかダメそうな感じだが、一応、最後まで伝えるだけ伝えてみるか。

「ああ。今のところ人体に影響があるレベルの呪いじゃないが、広範囲に広がっていて、農作物に影響を及ぼす可能性がある」

「ええと……しょ、少々お待ち下さい」

そう言って受付嬢は、奥へ引っ込んでしまった。
それから少しして、初老のギルド職員が、俺の元へとやってくる。

「呪いについて、詳しく聞かせてください」
「……信じてくれるのか？」
「内容次第です。……言っておきますが、呪いを口実にした詐欺はギルドに通じませんよ」

信じていなさそうな発言だな。
もしかしたら、こういうのを突き返すのもギルドの仕事のうちなのかもしれない。

さて……どこから話したものか。
ちゃんと経緯などを説明するなら、研究所などについて説明すべきだと思うのだが、それだと妄想に囚《とら》われた陰謀論者だと思われてしまう可能性も高い。

ここは、普通に呪いを見つけたていにしておくか。

ちょうどいい資格もあることだしな。

「森を歩いていて、魔物の動きが普段とは違うことに気付いたんだ。……よく魔力を観察してみると、呪いの影響があることが分かった」

そう言って俺はギルドカードを出し、職員に見せる。

俺が持っているB級索敵者という資格は、魔物の動きなどを監視する役目としては、かなり信頼されている資格だ。

それもテイマー……魔物飼いが言うとなれば、ある程度は信用してもらえるのではないだろうか。

「なるほど……B級索敵者ですか。魔物の動きには詳しそうですね」

「ああ。それで……」

「ですが、呪いは魔法使いの領分のはずです。テイマーは専門外……」

そう言いかけて、ギルド職員は途中で言葉を止めた。

そして彼は俺の顔を見て、次にスライムに目を向けた。

「スライムを乗せた、テイマーのユージ……？　もしかして、イビルドミナスの？」
「ああ。イビルドミナス島にもいたぞ」

俺はそう言って、イビルドミナス島の単独許可証を見せる。
今のイビルドミナス島なら、この許可証はもう必要ないのだが……なにかの役に立つ可能性を考えて持っていたものだ。

「……た、大変失礼いたしました。詳しくお話を伺いますので、奥へどうぞ」

どうやらイビルドミナス島の話は効果があったようだ。
島では俺が魔法を使うことも知られていたので、魔法にも詳しいと思ってもらえたのかもしれない。

◇

翌日。

俺はギルド職員に渡された地図を片手に、ファミアという田舎町へとやってきていた。

ギルドが言うには、この村の外れにある家に、この国の農業すべてに影響力を持つと言われる農家……タガスという男がいるらしい。

今この国で栽培されている小麦品種を開発したり、ごく少量の『地母神の涙』によって作物の収量を飛躍的に上げる方法を作ったりしたのも、その農家らしい。

噂《うわさ》では、植物の声を聞けるとすら言われているようだ。

だが……。


「留守か……」


地図にある家の扉をノックしたのだが、返事はなかった。

どうやら、家の主人は留守のようだ。

俺は周囲に広がる畑を見回すが、人の姿は見えない。

急ぎでなければ、彼が帰ってくるまで待てばいいのだが……残念ながら、そうもいかない。

今年の小麦の種まきは、わずか４ヶ月後まで迫っているのだ。

4ヶ月というと余裕があるように感じるかもしれないが、4ヶ月後に対処法を見つければいいというわけではない。

呪いへの対処法を見つけた後、全国にその方法を広め、もし特殊な肥料や道具が必要ならそれを行き渡らせるまでに4ヶ月だ。

今すぐに呪いへの対策が見つかったとしても、間に合うかどうかは分からないくらいだ。


そう考えると、時間を無駄にするわけにはいかないだろう。

というわけで、俺はタガスを探すことにした。


『スライム、農家の人っぽい人間を探してくれ』

『『わかったー！』』


そう言ってスライムたちが、周囲あちこちに散らばっていく。

5分も経《た》たないうちに、農家の人は見つかった。


『みつけたー！』

『こっちー！』


俺はスライムの言葉を聞いて、そちらに向かって歩いていく。

『感覚共有』で見た感じ、男は背の高い小麦の間にしゃがんでいるようだ。

見つかるのに少し時間がかかったのは、このせいだろう。


『おいしそうな葉っぱ、食べていいー？』

『ダメだよー！』

『怒られて、ご飯抜きにされるよー！』


俺が男の方に向かう間に、スライムたちがそう話しているのが聞こえた。

畑に生えている作物を食べようとしているスライムを、他のスライムが止めているようだ。

最近のスライムは、結構こういうことがある。

昔は俺が止めなければ畑も容赦なく食い荒らそうとするようなことがあったのだが、今はスライム同士で『やったら怒られそうなこと』を理解し、仲間を止めたりしているようだ。

止められているのは恐らく、最近入った新人……というか、新スライムだな。

『後で食料を用意するから、それは食べないでくれ』

『わーい！』

『ほら、食べないほうがいいでしょ？』


そう話すうちに、俺は男の元へとたどり着いた。

どう話しかけたものか考えていると、畑の中から声が聞こえた。


「どうした、元気か？」


男の声は、なんだか心配げだった。

俺はそんなに疲れた顔をしていただろうか？

確かに、ギルドからここへは徹夜で来たのだが、一度くらいの徹夜なら慣れているし、体調もそんなに悪くない。


本当に俺に話しかけたのか分からないが、一応返事をしておくか。

もし話しかけられていたとしたら、返事をしないのは印象が悪いしな。

「……俺に言ったのか？」

「お？」

茂みから、驚いたような声が聞こえた。

返事が返ってくるとは思っていなかったような声だ。

そう考えていると、一人の背の高い男が立ち上がり、こちらを向いた。

「ああ、すまん。今のは君じゃなくて、こいつに聞いたんだ」

そう言って男は、目の前にある小麦を指した。

どうやら彼が『どうした？　元気か？』と話しかけた相手は、この小麦だったようだ。

「……元気がなさそうなのか？」

「ああ。何日か前から少し元気がなさそうだったんだが……今は怯《おび》えているように見える。天敵でも近くにいるのか……？」

男はそう言って、周囲を見回しながら首をかしげる。

植物というのは、怯えたりするものなのだろうか？

「ちなみに、いつから怯えてるんだ？」

「5分ほど前からだな。草食動物がいると植物が怯えるのはよくあるんだが、ここまで怖がっているのは初めてだ」

5分前からか……。

俺がタガスを探すためにスライムを放ったのが、ちょうど5分ほど前だな。

もし彼が本当に植物の声を聞けるのだとしたら、植物が怯えていると思うのも無理はないかもしれない。

なにしろ、ここにいるスライムたちは、その気になれば1日とかからずここの畑をすべて食い尽くすことができる存在だからな。

怒られるのが分かっているので食べたりはしないが、植物たちは、肉食動物と一緒の檻《おり》に閉じ込められた小動物の気分になっているかもしれない。

なにしろ植物は動物と違って、その場から動けないわけだしな。

いずれにしろ、ギルドに紹介されたタガスという男は、彼で間違いなさそうだ。

もし違うとすれば、この街には植物の声を聞き取れる人間が二人もいることになる。

「すまん、スライムは草を食べることがあるから、それで怖がっているのかもしれない」

「……スライム？」

そう言ってタガスは、俺の肩に乗ったスライムを見る。

そして、首を横にふった。

「いや、この怯え方はスライムごときが相手じゃあり得ない。もっとこう……植物にとって破滅的な、根こそぎ食い尽くされるような……」

うん、間違いなくスライムたちのことだな。

うちのスライムたちを、そこらの侵略的外来種などと一緒にしてもらっては困る。

『スライムごときー⁉』

『ユージ、やってみていいー⁉』

『全部食べちゃうー！』


どうやら、彼の言葉はスライムに聞かれていたようだ。

スライムは別に人間の言葉を理解する魔物ではないのだが、『感覚共有』の影響なのか、俺がテイムしているスライムは人間の言葉を理解することがある。

そのためスライムを馬鹿《ばか》にしたりすると、怒り狂ったスライムによって食事を盗まれたりするのだ。


王都王立学園にいた時も、スライムの悪口を言った生徒が、食料を盗まれたことがある。

自業自得という感じだったので止めないでいたら、弁当箱の中にまで潜入して、その生徒を飯抜きにしてしまったようだ。

まあ、あまりに綺麗《きれい》に食い尽くしたお陰で、生徒本人は弁当を盗まれたのではなく、中身を詰めるのを忘れたのだと勘違いしたようだが。


『畑を食い荒らすのはやめてくれ。悪意はないと思うぞ』

『わかったー！』


どうやら畑の危機は去ったようだ。

とはいえ、スライムの声は人間には聞こえない。

俺たちがしていた会話も、スライムの食欲の話も、タガスには聞こえていないだろう。

にも拘《かか》わらず彼は、この場に植物を食い尽くす存在がいることを見抜いた。

本当に、植物の声が聞こえているのだろうか。

そう考えていると、タガスが口を開いた。


「それで、俺に何か用か？」

「ああ。ギルドに紹介されて来た。国からの依頼だ」


俺がここに来たのは、一応国の依頼という扱いになっている。

農業はギルドというより国の管轄だが、報告した俺が冒険者なので、一応ギルドを通して依頼を出したということのようだ。

俺の依頼内容はタガスへの説明までで、そこから先の対処は、国の農業部がやるという話だ。

「国から……もしかして、最近の『湿り日照り』の話か？」

「湿り日照り？」

「ああ。農地にはちゃんと水が通ってるはずなのに、まるで日照りにでもあったみたいな弱り方をするんだ。……すでに根付いた奴《やつ》らは耐えてくれてるが、種とか苗の奴らは……」


なるほど、湿り日照りという名前がついていたのか。

症状としては、ドライアドから聞いていた呪いの効果と同じだな。


「その『湿り日照り』の話だ」

「原因が分かったのか？」

「ああ。地面に薄い呪いが広がってるんだ」


また怪しまれそうな話になってしまったが、幸い今回は、ギルドからの紹介状がある。

もし疑われたら、それを見せれば話くらいは聞いてもらえるだろう。

などと考えていたのだが、タガスは納得したような様子で頷《うなず》いた。

「なるほど、これは呪いだったか……」

「……信じてくれるのか？」

「普通なら怪しむところだな。しかし、俺の知識では説明がつかないことが起きてるのは確かだ」

そう言ってタガスは、畑から出てきた。

どうやら、話を聞いてくれるつもりはあるようだ。

「俺はタガスだ。君は……呪いの専門家か？　なんて呼べばいい？」

「ユージだ。呪いの専門家じゃなくて冒険者だが、呪いのことも少しは分かる」

「分かった。……それでユージ、畑が呪われてるってことを証明する方法はあるか？」


証明か。

呪い自体はエンシェント・ライノでも見分けられないほど微弱なものだが、生えた植物が呪いによって効果を受けるなら、簡単に調べる方法があるな。

「解呪魔法を使った畑と使ってない畑に種を植えて、生え方の違いを調べるのはどうだ？」

「いいアイデアだな。……だが、少し時間がかかるかもしれない」

彼が言う通り、時間は少しかかるな。

育つのが早い植物でも、違いが分かるまでには数日かかってしまう可能性もある。

などと考えていると、タガスが口を開いた。


「解呪魔法というのは、気軽に使えるものなのか？」

「ああ。広範囲を解呪するなら話はべつだが、狭い範囲なら簡単だ」

「じゃあ、ここに使ってみてほしい」


そう言ってタガスは、畑の一角を指した。

そこには、すでにだいぶ育った……呪いの影響はあまり受けそうにない小麦が生えている。


「すでに育った植物は、呪いの影響を受けにくいぞ」

「もちろん承知の上だ。だが、見た目はさほど影響を受けていないように見えても、苦しんでいる声は聞こえてくるだろう？」

「……いや、聞こえないが」

どうやら彼にとっては、植物の声が聞こえるのは当然のことのようだ。
まあ、俺もスライムの声が聞こえるのにはもはや違和感もないので、それと似たようなものなのかもしれない。
魔物の声を聞くのがテイマーなら、植物の声を聞くのが彼というわけだ。

「解呪・極」

俺が魔法を発動すると、畑の一角が一瞬光った。
タガスはそれを見て、真剣な様子で畑を観察する。

「どうだ？　楽になったか？」

そう言ってタガスは、解呪魔法を使ったあたりに座り込む。
30秒ほど経った頃、タガスが立ち上がって口を開いた。

「楽になったみたいだ」

……たった30秒で分かってしまうのか。

もしかして彼は、人間とドライアドのハーフか何かなのだろうか。

そう思案していると、タガスが俺に尋ねた。

「その魔法、畑全体にバラまけるか？」

「時間をかければ可能だが、国中の畑を全部解呪するのは無理だ」

俺の言葉を聞いて、タガスは驚いた顔をした。

そして、深刻な顔で呟《つぶや》く。

「……まさか、この『湿り日照り』は、国全体に広がってるのか？」

「ああ。俺の予想では、大陸全土にな」

そういえば、これが国全体に広がっているという話をするのは始めてだったな。

ドライアドのことを言うわけにはいかないので、俺の予想ということにしておこう。

タガスとドライアドを会わせて、俺が通訳するような形で農業のやり方について話してもらうというアイデアはあるが……ドライアドは存在自体がギルドにも知られていない魔物のようだし、知らせないほうがいいような気もする。

タガス自身がドライアドに危害を加えるつもりがないとしても、誰《だれ》かがドライアドを閉じ込めて農業に利用するような可能性だってあるしな。

「馬鹿な……国はなぜ動いてないんだ？」

「呪いがどうとかいう怪しげな話だし、つい何日か前に報告したばかりだからな。……そもそも動こうにも、どう動いていいかも分からないはずだ」

「なるほど……それで俺に話が回ってきたってわけか」

そう言ってタガスが、少し考え込む。

ここから先は、タガスの仕事だな。

「国の魔法使いに協力してもらえば、国の畑の半分……いや、3分の1でも解呪することができたりしないか？」

「……どうするつもりなんだ？」

「狭い畑を解呪して、若い作物専用の区画にする。……そしてある程度育ったら、広い畑に植え替えるんだ」


なるほど、弱い苗の段階だけ、呪われていない畑で育てようというわけか。

しかし、3分の1だけだとしても、たった半年で解呪するというのは難しそうだ。

『研究所』で聞いた話だと、そもそも解呪魔法を使える人間自体がほとんどいないという話だ。

そして、この国には何千という村がある。


1日で村一つ分の畑を解呪するだけでも不可能と言っていいくらいなのに、たった4ヶ月ですべての村の畑を解呪するなど、夢のまた夢だ。

たとえ解呪すべき畑が村の3分の1だけだったとしても、『夢のまた夢』が『普通に無理』になる程度の話だろうな。


「3分の1でも厳しいな」

「……10分の1だと、どうだ?」

「そんなに密集して植えられるのか?」

「若い段階のうちだけ『地母神の涙』の散布量を増やせば、密植の弊害は抑えられるはずだ。……植え替え作業の指導は大変そうだけどな」

なるほど、『地母神の涙』に頼るわけか。

10分の1だと、だいぶ楽にはなりそうだが……それでも4ヶ月では無理だろうな。

実際にやるとなると、すでに根付いた作物を植え替える作業が発生するので、その段階で失敗することによる収量の減少もあるかもしれない。

ちゃんと指導をすればできるのかもしれないが、教える時間そのものが不足しているわけだしな。

「残念ながら、解呪も厳しそうだ。せめて100分の1なら……」

「それは流石《さすが》に無理だ。苗みたいな状態で植え替えていいなら可能性はあるけど、ある程度育ってないと結局は『湿り日照り』……呪いの影響を受けてしまう」

なるほど。

苗だけを育てるわけではないので、それなりにスペースが必要というわけか。

「まあ正直、『地母神の涙』を使っても厳しいな。ウチの畑だけならともかく、一般の農家にやらせるのは無理だ」

「やっぱり難しいか……」

「植え替え作業が成功するとは思えない。……教育に年単位の時間をかけるならともかく、すぐに効果を発揮する必要がある場合、農家に新しい技術を要求するわけにはいかない」

なるほど、一般の農家のことも考えているというわけか。

植物の声が聞こえるからといって、ただ植物のことだけ考えている農作物マニアというわけではないらしい。

まあ、本当にただ農業がうまいだけの人なら、国から呪いへの対処について聞かれたりもしないだろうしな。

などと考えつつ俺は、最も単純なアイデアについて尋ねてみることにした。

正直なところ単純すぎるアイデアなので、これで上手《うま》くいくなら、とっくに提案していると思うが……一応理由を聞いておきたいからな。

「ちなみに、普通に『地母神の涙』をいっぱいバラまくんじゃダメなのか？」

「……無理だな。専門的な説明は省くが、『地母神の涙』は健康な植物が相手じゃないと意味が薄い」


なるほど、呪いがあると、『地母神の涙』自体の効果まで薄れてしまうのか。

となると流石に、力技で解決するわけにもいかなさそうだな。

そう考えていると、タガスが口を開いた。


「もしかして、『地母神の霊薬』が使えるんじゃないか？」

「『地母神の霊薬』？」

「今使われている『地母神の涙』の前に使われていた肥料だ。病害とか塩害がある土地でも作物を育てられる力があるから、今でも環境の悪い場所では使われてるな」


なるほど、『地母神の涙』の仲間みたいなものか。

ドライアドが、『地母神の涙』と似た肥料がまかれた畑の中には元気そうなものがあると話していたが……それが『地母神の霊薬』の話だとすると、なかなか期待できそうだな。


「その肥料、なんで今は使われてないんだ？」

「理由はいくつかあるが……まずは単純に、肥料としての性能が低いことだな」

「病気とかには強いけど、収穫量はイマイチってことか？」

「そういうことだ。現代でも『地母神の霊薬』を使っている畑はあるが、『地母神の霊薬』は病気対策にごく少量撒《ま》いて、メインの肥料としては『地母神の涙』を使うのが基本だな」


なるほど、併用することになるというわけか。

今回の状況に限って言えば、むしろ好都合かもしれないな。


『地母神の涙』は普段から使っている肥料なので各地に常備されているだろうし、イビルドミナス島を根こそぎ採掘できたことによって、当面は困らないだけの備蓄もある。

つまり、ごく少量の『地母神の霊薬』を届けるだけで、問題が解決してしまうというわけだ。


「もう一つの理由としては……今はもう手に入らない肥料だからだ」

「枯渇したのか？」

「いや、採掘しに行けなくなったんだ。……ああいった特殊な肥料が取れる場所は、魔物も発生しやすいからな」

「イビルドミナス島みたいな感じか？」

「ああ。産地はいくつかあるが、どこも魔物だらけの島だな」

なるほど、『地母神の涙』と似ているのは名前だけでなく、それが採れる場所もなのか。

まあ、完全に枯渇しているよりは望みがあるな。

それに、場合によっては取りに行く必要もないかもしれない。

「その『地母神の霊薬』、今も使われてるってことは、在庫があるんだよな？　それで何とかならないか？」

「一応、採掘できた時代の在庫はあるが……残念ながら、量は全く足りていないな。『地母神の霊薬』が不足しているせいで、塩害のひどい農地などは畳んでいるような有様だ」

「……となると、『地母神の霊薬』の在庫をばらまいて解決ってわけにはいかないか……」

どうやら、ドライアドが言っていたのが『地母神の霊薬』のことだとしたら、それは新しく取りに行かなければならないようだ。

イビルドミナス島と同じような場所にもう一度採掘に行く……と言うと、さほど難しくないようにも感じるが、あの島は仮にもギルドが定期的に船を運航し、上陸に必要な港（そう呼んでいいのかは微妙なところだが）なども整備されていた場所だ。

俺たちイビルドミナス島の冒険者は、すでに用意されている採掘環境を利用していたと言ってもいい。

魔物だって、中に入る冒険者たちによって、ある程度は間引かれていた。

すでに採掘を放棄し、完全に魔物の楽園と化した場所を復活させるとなると、だいぶ難易度は変わってくるだろう。

「まあ、本当に『地母神の霊薬』が使えるのかどうか、試してみる必要があるな。……ちょっと待っててくれ」

そう言ってタガスが、家へと帰っていく。

10分ほど経って戻ってきたタガスは、沢山の小瓶《こびん》が入った木箱を持っていた。

「いろんな粉があるみたいだが……全部肥料か？」

「ああ。これが『地母神の霊薬』だな」

タガスはそう言って、1本の瓶《びん》を取り出す。

そして、瓶の蓋をあけて中身をつまむと、呪いが解除されていないほうの畑にまいた。

「おっ、喜んでるな。効果がありそうだ」

『地母神の霊薬』が地面に落ちてすぐ、タガスがそう呟いた。

あまりにも早くないだろうか。

「……『地母神の霊薬』って、そんなにすぐに効果が出るものなのか？」

「ああ。魔力系の肥料は堆肥とかと違って、撒いてすぐに植物が喜び始めるんだ。……普通は『地母神の涙』のほうが喜ぶんだが、こいつらは『地母神の霊薬』のほうが喜んでる」

なるほど、『地母神の涙』や『地母神の霊薬』は、魔力によって植物の成長を助けるものなんだな。

確かに……魔力による反応なら、短時間で起こるのも納得がいく。

ドライアドが魔力をばらまくと、植物がすぐに育ったりもするしな。

そして、呪いも魔力が関わっているということを考えると、植物に優しい魔力で中和するというのは、理屈としても納得が行く。

実際にはそこまで単純な話でもないのだろうが、単なる化学的な物質と比べると、魔力のほうが呪い対策っぽい感じはするしな。

そう考えていると、タガスは他の瓶をあけ、中身を畑にまき始める。

「それは何を撒いてるんだ？」

「肥料や病害予防に使われるようなものを、片っ端から試してるんだ。……今から『地母神の霊薬』を手に入れろなんて無茶は、言いたくないからな」

そう言ってタガスは次々に粉をまいていくが、その表情は険しい。

最後の一つの瓶を確認してから、タガスは残念そうに呟いた。

「うーん、やっぱり喜ばないか……」

「『地母神の霊薬』以外はダメそうか？」

「ああ。一応『大地の霊薬』っていう薬を使うと、多少はマシになった感じだったが……こっちは完全に枯渇した代物だ。絶対に手に入らない」

どうやら、『地母神の霊薬』以外の選択肢はないようだ。

まあ、普通の病害が相手ならともかく、呪いが相手ではなかなか薬も限られるのだろう。

というか……撒くだけで呪いを無効化できる肥料が一つでもある時点で、だいぶありがたいといった感じがする。

「じゃあ、『地母神の霊薬』を手に入れるしかなさそうだな」

「……それはできない。他の方法を探そう」

タガスは俺の言葉に対して、首を横に振った。

確かに、他の方法があるなら楽ではあるかもしれないが……他の方法を探し回って時間を消費した後で『やっぱり地母神の霊薬が必要でした』などと言われても、ギルドも迷惑するだけだろう。

ただ迷惑なだけならともかく、もしこの呪いへの対処に失敗したら、沢山の餓死者を生むことになるのだ。

「他の方法を探すのはいいと思うが、『地母神の霊薬』の確保を並行して進めるべきじゃないか？　他の方法が見つからなかった場合のことを考えると……」

「……その選択がどれだけの犠牲を生むことになるのか、君は分かっているのか？」

「そんなに厳しい島なのか？」

「ああ。『地母神の霊薬』が採れる島はいくつかあるが、その全《すべ》てが魔物の影響で放棄済みだ。……放棄から時間が経って魔物が増えたことを考えると、一番マシな島でもイビルドミナス並みだと考えたほうがいいだろうな」


なるほど、放棄された今でもイビルドミナスくらいなのか。

この話が本当だとしたら、かなり希望はありそうだ。

イビルドミナス島自体、ずっと前からつい最近まで、採掘を続けられていた環境だ。

その採掘を行っていた冒険者たちは、イビルドミナス島が掘り尽くされた後は、あちこちに散らばっている。

彼らをまた呼び集めれば、イビルドミナスと同等の難易度の島は、攻略が可能だという気がする。


一応、俺が行ったり、スライムを向かわせたりといった手もある。

とはいえ全く知らない島……それも魔物だらけの魔窟に入るとなると、できれば経験者の協力がほしいところだ。

危険地帯の管理は、ギルドの専門分野だからな。


「イビルドミナスと同等なら、ギルドに頼めばなんとかなるんじゃないか？」

「か、簡単に言わないでくれ……！　イビルドミナス島だぞ？」

「ああ。俺も……」

「食料の枯渇を防ぐために、イビルドミナス島に戦力を集中させるよう進言したのは俺だ！

その結果、どれだけの犠牲が出たか……！」


そう行ってタガスは、頭を抱えてしまった。

どうやらイビルドミナス島が『最後の『地母神の涙』採掘地』として残っていたのは、彼の進言のお陰だったようだ。

その際に犠牲が沢山出たのが、彼はトラウマになっているらしい。


とはいえ、それは昔の話だ。

俺がイビルドミナス島にいる間に、誰か死者が出たという話は聞いたことがない。

恐らく長年かけて、上陸に許可が必要になったり、単独許可証持ち以外は複数人での上陸を徹底したりといった対策が取られるようになったことで、だいぶ安全性はマシになったのだろう。

島に行く冒険者たちも、島が危険であること自体はしっかり理解しつつも、別に死ぬつもりで島に行っていたわけではない。

危険だし厳しい環境なのは間違いないが、それでも王国の食料確保という使命と、危険に見合う高額な報酬があったのも確かだ。

それに……最も重要な点が一つある。

「イビルドミナスの冒険者は、自分の意思で島に入ってたんだ。……『地母神の霊薬』も、志願者だけを集めて行けばいいんじゃないか？」

「……本当に志願者だけだと、どうして言える？　イビルドミナスへの戦力集中が始まった当時は、嫌がる冒険者を無理やり連れていって死なせたんだぞ……！」

「そんな時代があったのか……」

俺が知っているイビルドミナスとは正反対だな。

最近のイビルドミナスは逆に、実力不足な者が上陸してしまうのを防ぐために、色々と試験を課していたくらいだ。

まあ、無理やりにでも冒険者を送り込んでいた時代は、そうせざるを得ない理由があったのかもしれない。

肥料が足りなくなれば万単位の餓死者が出るはずなので、それを防ぐためとなると……国やギルドが無茶をしたとしても、職員を責めるわけにはいかないだろう。

最近のイビルドミナスが安全重視だったのは、安全を重視していても必要な量を確保できるからだろうしな。

「今のギルドは、嫌がる冒険者を連れて行くようなことはないから安心してくれ。むしろイビルドミナスの上陸には厳しい許可があるんだ」

「どうしてそんなことが言える？　許可制度が厳しくなったのは知っているが、その所持者が上陸を強制されていない保証はない。……せめて、いま実際にイビルドミナス島に行った冒険者の話を聞いてから、国に進言したい」

「じゃあ、俺の話を聞いてくれ」

そう言って俺は、イビルドミナス島の単独許可証を見せる。

なんだか最近、この許可証が役立つことが多いような気がする。

イビルドミナス島は、なんだかんだ知名度が高い場所のようだ。


「……本当に、イビルドミナスにいたのか？」

「ああ。この許可証は知ってるか？」

「知っている。……俺がイビルドミナスに関わらなくなってから10年も経ってから作られたものだから、実物を見たのは初めてだがな。……ちゃんと見ていいか？」

「大丈夫だ」


そう言って俺は、単独許可証をタガスに手渡す。

タガスは単独許可証を観察すると、俺に尋ねた。


「これは……パーティー前提ではなく、単独での上陸を可能にする許可証か？」

「ああ。パーティー前提の許可証も他にあるぞ」

「……この許可証は、ごく限られた冒険者にしか渡さないとギルドは言っていたはずだ。……まさか、君みたいな若い冒険者にまで渡しているのか？」


そう言ってタガスは、眉《まゆ》をひそめる。

やはりギルドに対して、やや不信感があるようだな。

まあ、以前にギルドが嫌がる冒険者をイビルドミナス島に強制上陸させていたのだとしたら、そういった印象になるのも無理はないかもしれないが。

などと考えていると、タガスが口を開いた。


「ああ、すまん。別に君が冒険者として弱いと言いたいわけではない。ギルドの推薦を受けてここに来るくらいなんだから、期待されている冒険者なんだろう。……だが、安全の確保には実力の他に、経験や索敵能力も必要になってくる」

「……ギルドがそのあたりを考えずに、許可書を出してるんじゃないかと疑ってるのか？」

「失礼ながら、その通りだ。……そこで腕試しとして、俺と戦ってくれないか？」


……どうしてこんな話になったのだろう。

俺はただ作物を枯らす呪いの話をしに来ただけなのに、なぜ農家の人と腕試しの戦いをすることになっているんだ……？


「呪い……『湿り日照り』と腕試しに、何の関係があるんだ？」

「合理的な結論としては、『地母神の霊薬』が必要だ。それは間違いない。だが……ギルドがそれを調達しようとした時に何をするか……俺はそこが、いまいち信用できないんだ」

「だから、腕試しをするのか？」

「ああ。……ギルドが単独許可証を出す冒険者の実力が、どのようなものだか見てみたい」


……まあ、気持ちは分からなくもないか。

彼は実際のイビルドミナスでの戦いを見たわけでもないのだし、最近の冒険者の実力を知りたいといったところもあるのだろう。

10年も経てば、冒険者の技術なども発展しているかもしれないしな。


「分かった。どんな腕試しにする？」

「解呪魔法が使えるということは、君は魔法使いか？　……となると、武器は使えないよな？」

「剣も少しは扱えるが、メインは魔法だな」


なんだか武器で戦いたそうな雰囲気なので、剣術での戦いで実力を判断されないように、予防線を張っておいた。

『超級戦闘術』のお陰で、武器でもそれなりに戦えはするのだが……基本的に腕力が足りなかったり、自分で剣術の動きを理解しているわけではないので構えが変だったりと、なにかと問題があるのだ。

「分かった。では一度、武器で手合わせを願いたい」

そう言ってタガスは、鋤《すき》を構える。
どうやら彼は剣や槍《やり》などといった武器ではなく、農具で戦うつもりのようだ。
……一応は先が尖《とが》っているので、槍の一種と呼べなくもないかもしれない。

「武器はそれでいいのか？」

俺はそう尋ねながら、『剣召喚』で出した剣を構える。
俺の言葉に、タガスは黙って頷く。

タガスの構えには、なんとなく迫力がある。
農具とはいえ、あまり油断はできないかもしれないな。
元々は武器として作られていないものだとは言っても、形だけで見れば、それなりに攻撃力はありそうだし。

「……分かった。いつでも来てくれ」


そう言って俺は武器を構えたまま、タガスの動きを待つ。

特に自分から攻撃を仕掛けたり、タガスの動きを観察したりといったことはしない。

結局のところ剣術は『超級戦闘術』任せなので、剣の素人である俺が何かしようとしたところで、あまり意味はないからだ。


とはいえ、『超級戦闘術』があれば絶対に安心かと言われると、そうとも言い切れない。

王都王立学園でも、力技で押し切られそうになったことがあったしな。

身体強化を使えばパワー面の問題はだいぶマシになりそうだが、今度は相手を怪我《けが》させてしまう可能性が高くなるので、必要がなければ使いたくないところだ。


もし剣術がダメだったら、その時には魔法でなんとか説得することにしよう。

などと考えていると、タガスが鋤を構えて突っ込んできた。


「うおおぉぉ！」

俺がそれを受け止めようと考えたが……俺の剣は、むしろ鋤を弾いて跳ね上げるように動いた。

どうやら『超級戦闘術』は、鋤を剣で受け止めたいとは思わなかったようだ。


そして鋤が剣に当たった瞬間、俺は『超級戦闘術』が鋤を弾くことを選んだ理由を理解した。

剣が鋤に当たった瞬間、凄《すさ》まじい衝撃が手に伝わったのだ。


俺の剣では鋤を弾《はじ》き返《かえ》すことはできず、少し軌道をそらせただけだ。

俺は……というか『超級戦闘術』は、それによってできた隙間《すきま》に潜り込む。

……もし最初に鋤を受け止めようとしていたら、そのまま一気に押し切られていただろう。


予想より、はるかに力が強い。

王都王立学園の剣術教官でも、ここまでの力はなかった。

明らかに、ただの農家の人の力ではない。


などと考えつつ俺は、身体強化を発動する。

非戦闘員相手の模擬戦で使えば、相手に怪我をさせてしまう可能性も高い魔法だが……今回の場合は、むしろ使わないと危険だ。

『超級戦闘術』は基本的に、俺が相手に怪我をさせたいと思っていなければ、剣で相手を斬ったりはしない。

だが……もし敵の攻撃を防ぎきれず、反撃しなければ怪我をする……そういった状況で『超級戦闘術』が『相手を殺すことで安全を確保する』といった選択肢を取らないという保証はない。

そういった意味で、タガスほど力の強い相手なら、むしろ身体強化を使っておいたほうが、安全を確保しやすいというわけだ。

「ふんっ！」

タガスが追撃とばかりに、俺を鋤で突こうとする。

だが、今度は俺の剣が、タガスの鋤を受け止めた。

剣はそのままタガスの鋤をあっさり押し切り、本人ごと跳ね上げる。

タガスは回転しながら吹き飛ばされたが、鋤の柄を杖《つえ》のようについて着地し、すぐさま鋤を構え直した。

……俺は戦闘術の良し悪《あ》しなど分からないが、これが素人の動きではないことは流石に分かる。

「タガス、冒険者か何かだったのか……？」

「いや、俺はずっと農家だ」

ずっと農家……？

農家の人というのは、こんなに戦えるものなのだろうか。

確かに、農作業で体は鍛えられるのだろうが……彼の動きは、そういったレベルではないような気がする。

「しかし、まさか俺を弾き飛ばすとはな……並の冒険者なら、最初の一撃すら耐えられないはずなんだが」

「農家の台詞《せりふ》じゃないぞ」

「ベリジスの農家はみんなこんなもの……だ！」

そう言ってタガスが、また鋤を構えて突っ込んでくる。

だが、『超級戦闘術』はあっさりそれを弾き返し、また吹き飛ばした。

タガスはまた見事に受け身を取るが、力や動き自体は最初の攻撃と変わっていない。

どうやら身体強化さえあれば、タガスと戦うのはそう難しくないようだ。

などと考えていると、タガスが鋤を下ろした。


「……降参だ。本当にメイン武器は魔法なのか？」

「ああ。だから、剣の構えは変だと言われることが多いな」

「確かに、パッと見の構え方は素人くさいが……力も技術も、本職の冒険者ですら見たことがない」


力のほうは、魔法で強化しているだけなのだが……身体強化魔法のことは公表していないので、一応隠しておくか。

超級戦闘術のほうも、スキルをどこで身につけたのかを聞かれたりすると、答え方が難しくなりそうだ。

そのあたりはごまかして、イビルドミナスに話を戻すか。


「とりあえず、イビルドミナスがちゃんと管理されていたことは分かってくれたか？」

「十分すぎるほど理解した。……ここまで強いなら、若いのに許可証を持ってても当然だな」

どうやら、納得してくれたようだ。

魔物との戦いで超級戦闘術を使うことはほとんどないのだが、なにかと役に立ってくれるスキルだな。

「ところで、ベリジスの農家はみんな強いみたいな話をしてたが……ベリジスっていうのは、村の名前か？」

「ああ。一応は町って呼ばれてたが……まあ、村みたいなものだな。今はもうない村だ」

「もうないって……どうなったんだ？」

「放棄して魔物に明け渡した」

なるほど、それでここに住んでいるというわけか。

町を放棄して魔物に明け渡すというのは、初めて聞いたような気がする。

だが、先程の話と繋《つな》がるところがあるな。

「もしかして、イビルドミナスに戦力を集中させたって話と関係があるのか？」

「そうだ。……ベリジスの冒険者のほとんどは、イビルドミナスに移住した。農家は俺以外が全員、本土で冒険者になったな」

「……農家じゃなくて、冒険者になったのか……」


タガスの力の強さを考えると、冒険者になったのはなんだか納得がいく。

冒険者はイビルドミナスに行ったということは……ベリジスの冒険者は、タガスたちよりさらに強かったのだろうな。

そう考えていると、タガスが口を開いた。


「まあ、ベリジスの住民は全員、物心ついた頃から戦いを習うからな。……畑にだって魔物が入ってくるんだから、戦えなきゃ生きていけないんだ」

「……そんな場所で農業をやってたのか……」

「農業にはいい場所だったぞ。土に『地母神の霊薬』が混ざってるから病気とも無縁だし、種をばらまくだけで完璧《かんぺき》な作物が育つ」


地母神の霊薬の産地がそこだったのか。

イビルドミナスと同じで、植物にはいい環境だが、魔物の攻撃が厳しい場所だったようだな。

「他の農家が冒険者になったのは、そっちのほうが稼げるからか？」

「いや、農家になろうとする奴もいたぞ。だが……ベリジスの農家は絶望的なまでに農業が下手だったんだ」

……確かに、種をまくだけでいい作物ができる環境にいたら、農業がうまくなるわけもないか……。

普通の土地で農家をやると、色々と苦労があるのだろうしな。

「あいつらが畑に行くと、植物たちの悲鳴が聞こえるんだ。……かわいそうだから農家を辞めてくれって頼んだよ」

「そ、そこまでひどかったのか……」

「平気で植物たちを踏んづけるんだ。農家とは呼べない」

なるほど……『地母神の霊薬』があれば、そんな農家たちでも作物を栽培できていたというわけか。

畑にすら魔物が入ってくるほどの場所に人が住み続けられたのは、『地母神の霊薬』のお陰なのかもしれない。

「……話がそれてしまったが、とりあえず、報告は確かに受け取った。『湿り日照り』の対策に『地母神の霊薬』が使えそうだってことは、ギルドにも伝えよう」

そう言ってタガスは依頼書に『地母神の霊薬が有効だと判明した。詳細は後日報告』と書き、サインをしてから俺に手渡した。

どうやら、対策の方針は立ったようだ。

「ユージはこの依頼書を、王都のギルドに届けてくれ。俺はしばらく実験を続ける」

「頼んだ」

「ああ。できれば『地母神の霊薬』なしで済ませたいが……それが無理でも、必要量を少しでも減らしてやるさ」

そう言葉を交わして、俺はファミアを後にした。

第三章

それから数日後。

俺《おれ》は王国のはずれにある港町、ベラールへとやって来ていた。

ベラールは大きい街のようだが、中の建物はほとんどが古びていて、人が住んでいなさそうな感じだ。

明らかに廃墟《はいきょ》だと分かるような場所も少なくない。

魔物などがいる様子はないが、生きている街という感じもしない。

「ずいぶんと寂《さび》れてるな……」

俺はそう言って、手元の依頼書を見る。

王都のギルドに報告を出した翌日に、宿まで届けられた依頼書だ。

特別依頼書
対象：イビルドミナス島上陸許可証・または単独許可証の保持者全員
依頼主：王国農業省
内容：港湾都市ベラールでの待機
報酬：1時間につき1万チコル。別途交通費およびベラールまでの移動報酬として10万チコルを支給
期限：ベラール到着時から、ギルドの指示があるまで（途中離脱可・その場合も待機時間分の報酬を支給）
備考：待機中の宿および食事はギルドより支給

なんと、ただ待機しているだけで1日24万チコルがもらえてしまう依頼だ。

24万チコルといえば、大食いのスライムたちを飼っていない一般家庭なら1ヶ月は暮らせてしまう金額だ。

しかも、途中でやめてもそれまでの報酬がもらえる……という、詐欺だとすら思えてしまう依頼だ。

この依頼が出された理由は、容易に想像がつく。
『地母神の霊薬』の必要性を知った農業省が、少しでも多くの冒険者をその回収に確保するため、まずはこの依頼で人を集めようというわけだ。
そして攻略作戦の準備が整い次第、『地母神の霊薬』回収の依頼が出るというわけだな。

「おお、ユージじゃねえか。久しぶりだな」

ベラールギルドに入ろうとすると、一人の冒険者に声をかけられた。
俺がイビルドミナスに初めて入った時、パーティーのリーダーとして案内をしてくれた、ブレイザーだ。

「ブレイザー、来てたのか」

確かブレイザーは、イビルドミナス島から離れる時、『もうこんな危険地帯には来たくない』と言っていたはずだ。
だが今回の待機依頼は、明らかに危険地帯に送り込まれる前準備だ。

歴戦の冒険者が、そのことに気付かないわけもないだろう。

「気は進まなかったが、ギルドにあそこまで頼み込まれちゃ仕方ないさ」

「……そんなに頼まれたのか？」

「ああ。何百万人も餓死するかどうかが懸《か》かってるなんて言われちゃ、依頼内容を聞きもせずに断るわけにはいかないだろ」

なるほど、そんな頼み方をしていたのか……。

やはりギルドも、必死になって人を集めているようだな。

「おっとすまん、足止めしちまったな。依頼は少しでも早く受けたほうが得なのに」

「いや、気にしないでくれ」

そう言って俺は、ギルドの中に入る。

ギルドの建物はボロボロだったが、中は意外と綺麗《きれい》に掃除されていた。

そして、通常の窓口の他に『特別依頼窓口』と書かれた場所がある。

「ベリジスの依頼を受けてきたんだが……」

「ありがとうございます。依頼書と、島の上陸許可証をお願いします」

俺は受付嬢に、依頼書と上陸許可証を手渡す。

受付嬢はそれを確認し、依頼書のほうに現在時刻を書き込んで印を押すと、俺に依頼書を手渡した。

「以上で受注手続きが完了し、交通費および報酬が発生します。町の中は自由に移動して頂いて結構ですが、外に出る時にはギルドに報告してください」

そう言って受付嬢は俺が渡した書類と一緒に、10万チコルを手渡した。

ずいぶんとスピーディーだな。

町から出ないだけで1時間に1万チコルくれるとは太っ腹だ。

「……待機中、何かしたほうがいいことがあるか？」

「基本的にはありませんが、ギルドの鐘が鳴ったら、できればギルドまで来てください。次の依頼が出るかもしれません」

「次の依頼は強制参加か？」

「いいえ。内容を見てから、各自で参加を判断していただきます。次の依頼を断っても、報酬はちゃんと支給されますので、ご安心ください。……この依頼を受けたことによって発生する義務は、無断で町を出ないことだけです」

完全な自由参加か。

タガスが心配していたような、行きたくもない者が危険地帯に送り込まれるような問題は起きずに済みそうだな。

まあ、餓死者が出るのを防ぐためなどと説得されて行くようなケースはあるのかもしれないが……それは結局のところ本人の意思なので、問題はないだろう。

「ちなみに、次の依頼は出ない可能性もあります。その場合は報酬が出て、その場で解散となります」

依頼が出ない場合もあるんだな。

恐らくタガスが『地母神の霊薬』なしで作物を育てる方法を見つければ、俺たちは何もせず報酬をもらって終わりなのだろう。

せっかく『研究所』を倒して安全が確保できたのだから、できれば安全にいきたいところだ。

いつかは本物の『黒き破滅の龍』が出てくるのかもしれないが、しばらくは平和に暮らしたい。


「分かった。依頼が出ないことを祈っておこう」

「皆さんそうおっしゃいますね。……私も同じ気持ちです」

「ちなみに、宿と食事はどうしたらいいんだ？」

「こちらが案内図です。必要でしたらギルド職員がご案内しますので、お申し付けください」


そう言って受付嬢が、俺に案内の紙を手渡す。

どうやら、専用の食堂があるようだ。


「ありがとう」


俺はそう言ってギルドを出て、食堂に向かう。

急いでこの街まで来たので、お腹《なか》もすいているしな。

「……ここもボロいな」


俺は『イビルドミナス組専用・臨時食堂』という看板のついた建物を見て、そう呟《つぶや》く。

この建物に限った話ではないが、ベリジスの建物は全体的にボロいというか、廃墟を掃除したような感じだ。

恐らく、街自体があまり栄えていないのだろう。


食事にはあまり期待できないかもしれないが、用意してもらえるだけマシだな。

もし気に入るものがなければ、備蓄の食料を食べることにしよう。

などと考えつつギルドに入ると、そこには先客が五人ほどいた。


「お、ユージ！　来てくれたのか！」

「ここの飯は美味《うま》いから、食わないと損だぜ！　しかも全部ギルド持ちだ！」


俺にそう声をかけたのは、イビルドミナスで見た面々だ。

先程会った、ブレイザーもいる。

だが、問題はそこではない。

彼らの目の前に置いてある料理が……やけに美味そうなのだ。

せいぜい大鍋で作られたメニューを全員で食べるような形か、下手をすれば冒険者用の携帯食料だと思っていたのだが……まるでコース料理か何かのような、バラエティ豊かで手の込んだ料理が、彼らの目の前には置かれている。

建物も、外観こそボロいが……内部は隅々まで磨き上げられていた。

臨時食堂ということなので、これだけのために掃除部隊か何かが動員されたのかもしれない。

至れり尽くせりだ。


「……なんか、豪華すぎないか？」

「王都の有名な店の料理人を、ギルドが雇ったみたいだぞ。……食材もあちこちから運んでるみたいだな」


なんという、素晴らしい待遇だろう。

一人たりともベリジスから逃がすまいという、ギルドの強い決意を感じる。

「……これを食っても、ヤバい作戦に強制参加になったりしないよな……?」

「そこも確認済みだ。参加するかどうかは、作戦を聞いてから決められる」

そう言ってブレイザーは、美味そうなシチューを口に運ぶ。

シチューをよく味わった後で、ブレイザーはまた口を開いた。

「こんなものを食べさせてもらった後に、依頼を断ることができればだけどな」

……依頼を断るには、強い精神力が必要になりそうだな。

別に強制はしないが、断る気は起きなくなっていくだろう。

なんだか、北風と太陽の話みたいな感じだな。

などと考えつつ俺は、料理人たちのいるカウンターの方へと向かう。

すると、料理人が俺に話しかけてきた。

「ご要望のメニューはございますか?」

「あのシチューと同じものはあるか?」

「もちろんございます」

そう言って料理人が、シチューを用意してくれた。

その様子を見ていると……スライムたちが騒ぎ始めた。


『ぼくも、たべたいー!』

『おいしそうー!』

『たべるー!』


まあ、そうなるよな。

もはや予想していたというか、言い出すのが遅かったような気もするくらいだ。

普段スライムたちは、ちゃんと食べ物をあげていれば、俺の食事を横取りしようとしたりはしない。

だが……今回ばかりは事情が違った。

なにしろ、ここの冒険者たちの目の前に用意された料理はどれも凄《すさ》まじく美味《おい》しそうなのだ。

こんなものを目の前にして、スライムたちが大人しくしているわけもない。

しかし、ここの料理は、あくまでイビルドミナスにいた冒険者たちのために用意されたものだ。

そこまで大人数が来ることを想定しているわけではないだろうし、大食いのスライムたちへの対策もされていないだろう。


とはいえ、一応は聞いてみる必要がある。

そうでもなければ、スライムたちは決して納得しないだろうからな。


もしダメだと言われたら……他の街に行って美味しいものを探したいところだが、残念ながら俺はこの街から出られない。

シュタイル司祭にでも頼んで、なんとか美味しいものを入手するしかないな。


テイマーの力をフルに使って『絶対に食べるな』と命令すれば、無理やり抑え込むことはできるのかもしれない。

だが……特に切羽詰まった理由がない場合に、俺だけが美味しいものを食べてスライムたちに我慢させるのは避けたいところだ。

俺が安全に戦えているのもスライムたちのお陰だし、稼いだ分くらいはスライムに還元してもバチは当たらないだろう。

「一応質問なんだが……テイムしてる魔物向けの食べ物はあったりするか？」
「もちろん用意いたします。何がどのくらい必要でしょうか？」
「スライムたちの食べ物なんだが……すさまじい量が必要なんだ」

俺の言葉を聞いて、料理人たちは顔を見合わせた。
それから、一人の料理人が俺に尋ねる。

「凄まじい量といいますと……具体的にどのくらいでしょうか？」
「肉でいえば……２００キロくらいだな」

スライムの数を考えると、２００キロでも結構ギリギリだ。
あまり少ないと、今度は食べられるスライムと食べられないスライムが出て、余計に喧嘩《けんか》になってしまうのだ。

「申しわけございません。流石《さすが》にそこまでの量は……」

「だよな……」

「ですがギルド本部より、冒険者の方々のご要望は全力で叶《かな》えよと言われております。……本部に頼んで食材を調達してもらうので少々お待ちを……」

なんだかおおごとになってしまったぞ。

このままいけば、用意はしてもらえるのかもしれないが……流石に迷惑すぎるような気もする。

「ちょっと待ってくれ」

「はい。いかが致しましたか？」

ギルドのほうへ行こうとしていた料理人が、そう尋ねる。

あまり迷惑もかけたくないが、かといってスライムたちをないがしろにするのも避けたいところだ。

見たところ、奥に置かれている食材などは、さほど珍しいものではない。

鮮度は悪くなさそうだが、ものすごい高級食材を使っているというほどのことでもなさそうだ。

だとすれば……ここの料理がやたらと美味そうに見えるのは、恐らく料理人の腕が理由だろう。

となると、一番バランスの取れた手としては……。

「食材は用意するから、手が空いてる時に調理してもらうことはできないか？　手間賃は払う」

「……食材を用意していただけるなら、こちらとしては大変助かります。ですがお代は受け取れません」

「いいのか？」

「ギルドとの契約で、冒険者の方から報酬を受け取るのは禁止となっておりますので。……我々も腕を振るう機会が増えて、むしろ望むところです」

俺はその言葉を聞いて、スライムの方を見る。

すると……まだ俺が何も言っていないのに、スライムは『スライム収納』から大量の食材を取り出した。

どうやら言われなくとも、すべきことを理解していたようだ。

「な、何もないところから食材が⁉」

「こういうスキルなんだ。……これで頼む。手の空いた時に少しずつやってくれ」

「承知いたしました」

俺はそう言って、大量の食材を手渡す。

さて、スライムたちが満足してくれるといいのだが……。

◇

それから数時間後。

そこには使い果たされた食料と大量の皿、そして満足げなスライムたちがいた。

『いつもの葉っぱなのに、すごい美味しいー!』

『お肉も、すっごくおいしいー!』

やはり飯が美味かったのは材料というより、料理人たちの腕が大きかったようだ。

そして……さらに凄いのは、ものすごい量の料理をしたというのに、彼らがまったく疲れた様子を見せていないところだ。

「喜んでるみたいだ」

「何よりですね。我々も腕を振るう機会があって嬉《うれ》しいです」

……重そうな鍋を振るっていたが、彼らの筋肉はどうなっているのだろう。

身体強化魔法でも使っているのか……？

「ところで、料理はこれだけでよかったのですか？　……もし他に材料があるなら、調理いたしますが」


彼らは本当に人間だろうか？

それとも、やはり身体強化か？

「どうしてそんなに体力があるんだ……？」

「王都で料理人をやっていると、１日中ずっと鍋を振るい続けるのが当然ですから」

……そういうものなのか。

料理人というのは、意外と体力勝負なのかもしれない。

「それと我々はベリジス出身なので、もともと鍛えていたところもありますね」

またベリジスか。

やたら強い農家のタガスも、同じ場所の出身だったな。

「農家のタガスと知り合いか？」

「ああ、タガスをご存知《ぞんち》なんですね。彼が育てる野菜は美味しいので、ベリジスにいた頃は重宝しましたよ」

やはり知り合いだったようだ。

そしてタガスが育てる野菜は、やはり美味いらしい。

「最近ベリジスの出身者をよく見るんだが……そんなに人が多い街だったのか？」

「いえ。人口は３００人いたかどうかでした。……最近でいうイビルドミナスに近い街だったので、イビルドミナスの方とは会う機会が多いかもしれません」

なるほど。

薄々気付いてはいたが、やっぱりそういう街だったのか。

「ここはベリジス島から本土に戻るときによく使った港なので、懐かしい街ですよ。……最近は、すっかり寂れてしまったようですが……」

……ベリジスに向かう港がここだったのか。

人口は少なかったようだが、『地母神の霊薬』が採れる場所だったので、貿易拠点としては重要だったのかもしれない。

中で農業をしたりして暮らせるような環境だったのなら、イビルドミナスよりは採掘しやすかっただろう。

イビルドミナスは農業どころか、建物一つを維持するのすら難しい場所だったので、それに比べればだいぶマシという感じがする。

「この街が寂れてるのも、ベリジスの放棄のせいか?」

「はい。ベリジス島以外にもいくつか、『地母神の霊薬』が採れる島があったのですが……今はすべて無人島になってしまったので、ここも衰退してしまったようです」


他にもあったのか。

冒険者がここに集められた理由がよく分かるというものだな。

その中の一つに、俺たちを向かわせようというわけだろう。


などと考えていると、俺は目の前のカウンターに、肉や野菜が積まれているのに気付いた。

そして肉を置いたスライムが、そろそろとカウンターを後にする。


『バレてるぞ』

『な、なにがー⁉』

『いや、あんなに堂々と肉を積んで、バレないわけないだろ……』


どうやらスライムは料理人たちの『もし他に材料があるなら、調理いたしますが』という言葉を、聞き逃さなかったようだ。

とはいえ、今回の食事の分の肉はもう出したので、理由もなくこれ以上食べさせるというのも微妙なところだ。

だが、彼らの料理は確かに非常に美味《うま》いので、暇をしているなら頼みたいところではあるな。

「すまん、料理してもらったものを持ち帰ってもいいか？」

「もちろんです。……まだ冒険者さんが少ないので、我々もいい時間つぶしになります」

そう言って彼らは、料理を始めた。

……冒険者が集まるまでの間に沢山作ってもらって、収納しておくことにしよう。

何かあった時のご褒美などとして使えそうだ。

第四章

Tensei Kenja no Isekai life

chapter 04

それから1週間ほど後。

ベラールの街には、イビルドミナスで見た顔がほとんど集まっていた。

「おお、大体揃《そろ》ったな！」

「何人かいなくなってるが……ゲイルはどうしたんだ？」

「ああ、ゲイルは家族に止められちまったらしい。……他にも何人か、島を出て家庭を持った奴《やつ》がいるみたいだな」

「……まあ、そうだろうな。家族がいる奴が来るような話じゃないはずだ」

冒険者たちはほとんど食堂に集まっているのだが、最近は次に来る依頼についての話が増えてきた。

やはりみんな、それなりの覚悟を決めてここに来ているようだ。

「ここまで人数を集めてるってことは……やる方向性なんだろうな」

「ああ。国の偉い人に話を聞いたって奴もいたが、採掘地を決めてる途中みたいだな」

「どこになると思う？　魔物の比較的マシな島はほとんど枯渇状態だよな？」


どうやら『地母神の霊薬』は昔から採掘が進んでいたせいで、多くの島で枯渇しているらしい。

ここ数日で聞いた話だと、『地母神の霊薬』が放棄されて『地母神の涙』に切り替えられた理由の一つが、単純な資源の枯渇だったようだ。

『地母神の涙』は、産地に魔物が多く採掘が大変な代わりに、比較的埋蔵量が残っていたということらしい。


「噂《うわさ》だと、ベリジス島が有力って話だな」

「……確かに、魔物って意味じゃ一番マシな島だが……マトモな品位の鉱脈なんか、もう掘り尽くされてるはずだよな？」

「ああ。そのはずだ。……土とかにはまだまだ混ざってるはずだが、国全体で使うなら結晶を集めなきゃ話にならないはずだ」


どうやらベリジス島も、資源は枯渇状態のようだ。

島が放棄されたのは、そのあたりも理由なのかもしれない。

「じゃあ、鉱脈が残ってる島に行くのか？」

「……鉱脈が残ってる島なんて、イビルドミナス以上の地獄だぞ。100年は人が入ってないんじゃないか？」

「そこまでしようって話だとしたら、流石《さすが》についていけねえな。……飢饉《ききん》を防ぐ助けはしたいが、自殺したいわけじゃない」

などと話していると……外から鐘の音が聞こえた。

それを聞いて冒険者たちが、一斉に立ち上がる。

「ようやく招集か」

「……まともな行き先だといいんだがな」

そう話しながら俺《おれ》たちは、ギルドに向かう。

するとギルドには、『ベリジス島』と書かれた地図と、大きな依頼書が貼《は》られていた。

「ベリジス島の『地母神の霊薬』回収依頼が出ました！　現時刻をもって、待機依頼は終了します！」

そう言って受付嬢が指した依頼書は、今までに見たものの中で一番長かった。

依頼書というより、作戦書と言ったほうが近いだろうか。

特別依頼書
対象：イビルドミナス島上陸許可証・または単独許可証の保持者全員
内容：ベリジス島の魔物に含まれた『地母神の霊薬』の回収
報酬：ベリジス島での滞在時間1時間につき一人100万チコル、および回収に成功した『地母神の霊薬』1キログラムにつき4億5000万チコルを人数で頭割り
期限：目標採取量が達成されるまで
目標採取量：200キログラム

備考：
『地母神の霊薬』が産出する島の中で最も安全だと言われていたのが、ベリジス島である。

しかし、その安全さゆえに採掘はハイペースで行われ、『地母神の霊薬』鉱脈は、島が放棄される数年前には完全に枯渇したと言われている。
一方、枯渇は結晶に限った話であり、依然として土壌には『地母神の霊薬』が含まれている。それらが植物や草食魔物を介して魔物の体内に蓄積され、小腸内に結晶として発見される現象は、ベリジス有人時代から報告されていた。
この石を集め、本土に持ち帰るのが、冒険者たちに頼みたい任務である。

精製法：
魔物を討伐して小腸を取り出し、炎によって可燃部分を灰にする。
灰を風であおぐことによって飛ばすと、白色の『地母神の霊薬』結晶のみが残る。
『地母神の霊薬』は比重が高いため、灰と一緒に飛んでしまう可能性は低い。

注意事項：
『地母神の霊薬』は魔法の炎に弱いため、魔物の内臓を精製するのは薪か油の火とすること。
炎系攻撃魔法は内臓まで届かないことがほとんどのため、極端に高威力なもの以外は使用可能。
また、『地母神の霊薬』は高比重とはいえイビルドミナスの住民が本気であおいだり風魔法を使ったりすれば飛んでしまう可能性もあるので、必ず常識的な力で、木の板などを使ってあおぐこと。


「……思ったよりまともな作戦だ」

「現場を知らない役人が考えた作戦かと思ったが、そうでもなさそうだ。……これならいけるかもな」

「ヤベイグ島に行って手つかずの鉱脈を掘ってこいとか言われるんじゃないかと思ってたが、王国もちゃんと考えてるらしい」


依頼書への反応は、おおむね好意的なようだ。

確かに、作戦としてはなかなか悪くなさそうに見える。

どうせ魔物だらけの危険地帯なら、倒す魔物には困らないというわけだ。


報酬も桁違《けたちが》いだ。

滞在するだけで1時間100万チコルもらえるのに加えて、成果報酬までもらえる。

成果報酬が個人ごとではなく頭割りなのは、役割分担を想定しているからだろうな。

依頼の内容からすると、今回の依頼を達成するには魔物を倒すだけではなく、内臓を取り出して燃やす必要がある。

それを個人ごとにやっていると非常に非効率なので、全員で協力してほしい……そういうことだろう。


普通の依頼でこんなことをすれば、サボる人間が出てくる可能性が高い。

だが危険地帯での依頼であるお陰で、逆に誰《だれ》かがサボる心配もなくなるというわけだ。

放っておいても魔物に襲われる環境で、魔物を倒さずに生き残るなど、逆に難しいだろうからな。


「質問および、依頼の受注を受け付けます！」


そう言って、一人の受付嬢が台の上に登った。

この街に1週間ほど滞在する間、一度も見かけなかった顔だ。

恐らくこの依頼のために、王都あたりから派遣されてきた受付嬢だな。


「土に『地母神の霊薬』が含まれてるなら、直接掘ってくればいいんじゃねえか？」

「現地の土壌に含まれる『地母神の霊薬』は、土の重量のうちわずか10万分の1程度です。非現実的な量が必要になります」

「港はもう壊れちまってるはずだが、どうやって上陸する?」

「イビルドミナス同様、船を近付けられる場所はあります。強行上陸が可能です」

「魔物はどのくらい倒せばいいいんだ?」

「魔物の内臓に含まれる『地母神の霊薬』の量は生まれてからの年数や魔物の住んでいたエリア、食事量など様々な要素によって左右されると言われていますが……おおむね平均で10グラムだと見積もられています」

「なんで成果報酬が個別じゃないんだ?」

「内臓の焼却は数カ所に集約することを想定しており、誰が倒した魔物から出た『地母神の霊薬』なのかを判別するのが困難だからです」

「島に行ったら依頼終了まで帰れないのか?」

「昼夜問わず12時間に1回、満潮の時間に船を接岸させます。島内での野宿は危険なので、基本的には二交代制で上陸地点の安全を確保します」

冒険者たちの質問に、受付嬢はメモすら見ずにスラスラと答えていく。

作戦に関《かか》わる知識を、全《すべ》て暗記しているということだろうか。

重要な作戦だけあって、ものすごいエリート受付嬢が派遣されているのかもしれない。

「やらなきゃみんな飢え死にすんだろ？」

「あれだけのものを食わせてくれたんだ。無謀な依頼じゃなきゃやるさ」

「この内容で引っ込むヘタレなら、ここにはいないだろ」

そう言って冒険者たちは、受注の列に並んでいく。

今のところ、帰ろうとする冒険者はいないようだ。

「受注手続きが完了しました、次の方どうぞ」

「次の方ー」

受注組の受付嬢たちは、受注依頼をものすごい速度でさばいている。

彼女らも、普段見る受付嬢とは手際が違う気がする。

街自体は寂《さび》れた……というか人が住んでいる街なのかも怪しい感じだったが、ギルド関係だけはこの依頼のために、国中の精鋭たちが集められているのかもしれないな。


しかし、俺にとっては少し大変な依頼だ。

対集団戦でなにかと便利な『終焉《しゅうえん》の業火《ごうか》』『極滅の業火』といった魔法が、今回は使えないことになるからな。


炎魔法が『地母神の霊薬』を壊してしまうとすれば『永久凍土の呪詛《じゅそ》』『凍結の呪詛』あたりで代用することになるが、いずれも魔力消費量は炎魔法より多く、それでいて攻撃範囲は炎魔法より低い魔法だ。

『極滅の業火』と違って魔物が本当に倒せたかも分かりにくいし、一帯を更地にして見通しをよくしたりする効果もないので、普段より戦いにくくなるだろう。


一方、同じ炎魔法でも『火球』は使えそうだ。

炎魔法の問題は、魔物の内臓に含まれる『地母神の霊薬』を燃やしてしまうことなので、威力の強すぎない炎魔法なら使っても問題はないという話だしな。

火球は炎魔法適性で強化したりしなければ、魔物の表面くらいしか焼けないことが多いので、強い魔物が相手なら使っても大丈夫だろう。

それともう一つ、大事な問題がある。

魔物を片っ端から倒して火にくべるという話だと、困ることがあるのだ。

「島にスライムはいるか？」

「島の野生スライムはすでに絶滅しており、いないものと考えられます」

「……じゃあ、スライムを見かけても討伐しないようにできないか？　スライムを倒されると困る」

俺はそう言って、肩に乗ったスライムを指す。

受付嬢は、それを見て頷《うなず》いた。

「わかりました。スライムは倒さないように通達しますね」

「ありがとう」

俺はそう言って、依頼受注の列に並んだ。

今までタダ飯を食わせてもらい、料理人たちをコキ使った分、それなりに働くとしよう。

◇

翌日。

俺は依頼を受けた冒険者たちと共に、島へと向かう船に乗っていた。

船はイビルドミナスに向かう時に使ってたのと同じ連絡船だ。


「この船に乗るのも久しぶりだな」

「まさか、もう一度こいつに乗ることになるとはな」


そんな会話を聞きつつ、俺は遠くに浮かぶ島を見る。

見た目はイビルドミナスと同様、緑豊かな街といった感じだが……イビルドミナスほど森が深かったり、異常に背の高い木が生えている感じはしないな。

スラバードによる航空偵察でも、島は普通の……普通に魔物が多い島といった感じだ。

石を投げれば魔物に当たるような感じではあるが、魔物がぎゅうぎゅう詰めになっているというほどでもない。

イビルドミナスより1体1体の魔物は弱そうなので、イビルドミナスにいた冒険者たちなら十分戦えるだろう。

『スラバード、そろそろ船がつくから、冒険者に見つからないように隠れていてくれ』

『わかった～』

スライムと違ってスラバードは存在自体を隠しているので、倒さないように頼むというわけにはいかない。

普段ならスラバードが撃ち落とされるような心配はしないのだが、イビルドミナスにいた冒険者が相手となると、あまり油断もできないだろう。

いくらスラバードが矢の届かない上空にいようとも、『破空の神雷』などを打ち込まれれば避けようはないのだ。

スラバード相手にあんな魔力消費の多い魔法を撃ち込もうとする人間がいるとは思えないが、あれと同系統で低威力な魔法などがあったとしても、スラバードにとっては致命的になりうるからな。

必要な時には防御魔法を用意しながら飛んでもらうが、俺がちゃんと見ていられないタイミングでは、冒険者に見つからないようにする必要がある。

などと考えていると、船についた大きな鐘が鳴らされた。

それと同時に、拡声魔法を受けた声が船内に響く。

「接岸5分前！　冒険者各位は上陸準備をお願いします！」

放送を聞いて冒険者たちは、船に出て準備運動を始める。

上陸したらすぐに戦場なので、上陸と同時に全力で動く必要があるというわけだ。

そして、準備運動が必要な理由は、もう一つあるようだった。

「おいおい、マジかよ……」

「まさか、あそこに接岸するつもりか?」

そう呟《つぶや》く冒険者たちの目の前に迫ってくるのは……高さ10メートルにも及ぶ切り立った崖

だった。

船長は崖を避けようという気が一切《いっさい》ないようで、まっすぐ崖に向かって突っ込んでいく。

「自力で登れる者は前に出てくれ！　無理な奴はロープを待つんだ！」

ブレイザーがロープ……というか綱引きの綱のようなものを腰に結んで、そう叫ぶ。

どうやら彼は、接岸場所が崖だと知っていたようだ。

「崖登りがあるなんて聞いてないぞ！」

「そんな細かいことは、現地で説明すればいいだろ？」

10メートルもある崖を生身で登るのは、細かいこと……なのだろうか？

人によっては、落ちたら普通に死ぬと思うのだが。

まあ、イビルドミナスに上陸できる人間にとっては、崖登りくらいはさほど重要なことでもないのかもしれない。

苦笑いしている者はいるが、本気で怖がっている者はいなさそうな感じだし。

「しかし、もうちょっとマシな接岸場所はなかったのか？」

「すみません！　この船が接岸できる水深の場所で、一番マシだったのがここなんです！」

なるほど、水深の問題だったか。

確かにこういった崖の近くは水深が深いことが多いので、大きな船でも座礁しにくいというメリットはありそうだ。

崖があるくらいは気合いで登ればいいので、船が座礁して動けなくなるよりはずっとマシだな。

「……もっと小さい船にすべきだったんじゃないか？」

「今回用意した船の中で、一番喫水が浅いのがこの船らしい。諦《あきら》めろ」

迫りくる崖を見ながら、ブレイザーがそう呟く。

船はゆっくりと旋回し、速度を落としながら船腹を崖側に向けている。

ここはイビルドミナスの港と違って船がぶつかっても大丈夫なようにできていないので、ぶつける気はなさそうだな。

その分、崖と甲板の間にできる隙間《すきま》は広くなるので、間から海に落ちてしまう危険性は高くなるが……こんな崖を登らされる時点で、安全性も何もないだろう。

というかこの崖、垂直より少しだけ、こちら側に傾いている気がする。

落ちたら崖にぶつからずに海まで落ちるので、逆に安全……か？

「ひどい上陸場所だな……」

「その代わり、いいこともあるぞ」

俺の呟きに、近くにいた冒険者が答えた。

名前は知らない冒険者だが、イビルドミナスで何度か見たことがある顔だ。

「何だ？」

「帰りは飛び降りるだけで船に乗れる」

なるほど、たったの10メートルくらい自由落下するだけで、船にたどり着けるというわけか。

確かにいいニュースだな。

10メートル落ちて甲板に叩《たた》きつけられても死なない人間ならの話だが。

そう考えていると、船内放送が響いた。

「船長だ！　これ以上は近付けないから、各自頑張ってくれ！」

その言葉を聞いて、冒険者たちが崖に飛びつき始めた。

体力に自信のある剣士系冒険者などが、垂直を超えて切り立った崖の凹凸を摑《つか》んで上へと登っていく。

前世の世界で、こんな感じで岩を摑んで登る競技があったはずだが……あれよりもだいぶ、力任せな感じがするな。

魔法使い系の冒険者はほとんど全員が、船で待機している。

一部、魔法使いなのに腕力に自信がある者がいるようだが、基本的にはロープが下ろされるのを待っているようだ。

などと考えながら壁を眺めていると、一人の冒険者が摑んだ岩が崩れ、冒険者は海に落ちていった。

「うわっと」

「ベザルス！」

どうやら落ちた冒険者は、ベザルスという名前のようだ。

……助けにいくべきだろうか。

そう迷っていると、ベザルスは崖に向けて泳ぎ始めた。


「大丈夫か⁉」

「水中に魔物はいない！　泳げばいいだけだ！」

「……大丈夫そうだな」


どうやら水に落ちても、魚の魔物に食われてしまったりはしないらしい。

となれば、俺も登れるかどうか試してみてもいいかもしれないな。

いざとなった時……たとえば魔力を使いたくない時でも崖を登れるのかどうか知っておくのは、なにかの役に立つかもしれない。


俺はそう考えて、崖に向かって飛び移る。

壁を摑むと同時に……なぜか手が勝手に動く。

そして俺は、ものすごい速さで壁を登り始めた。


「ユージ、崖登りも速いのか⁉」

「人間の速さじゃない……！」


船や周囲から、冒険者たちの驚く声が聞こえる。

もちろん俺自身は崖登りなど経験したこともないし、腕力が大して強いわけでもない。

それどころか、魔力なしで登れるかを試したかったので、身体強化魔法すら使っていない。


これは……超級戦闘術の影響なのだろうか。

あのスキルは名前こそ『戦闘』術だが、体を使った動きでは何かと役に立つ印象がある。

薪割りの時にも、明らかに発動している感じだったしな。

崖登りも、その効果範囲内だったようだ。


「上についた奴は、魔物の接近を阻止してくれ！」

崖の上に到着すると、沢山の魔物が冒険者たちに襲いかかっているのが見えた。
やはり上陸直後から戦いのようだ。

「火球、火球、火球」

俺は近付いてくる魔物に、次々と火球を打ち込んでいく。
火球が着弾して爆発《ばくはつ》が起こると、魔物は吹き飛ばされるようにして倒れ、動かなくなった。
体の表面はそれなりに焼けていそうだが、内臓まで焼き尽くすというほどではないので、中の『地母神の霊薬』は無事だと見ていいだろう。

「筋肉の奴らは、ロープを引っ張るんだ！　他の奴は魔物を倒してくれ！」

戦う俺たちの背後で、力自慢の冒険者たちがロープを引き上げ始めた。
ロープには、魔法使い系の冒険者たちがしがみついている。
そうして、綱引きのようにして魔法使いたちが上陸した。

「第二陣、つかまれ！」

魔法使いたちが崖の上にたどり着くと、ブレイザーたちはまたロープを下ろし、一回目のロープに乗れなかった冒険者たちを引き上げる。

ロープは所狭しと冒険者がぶら下がっているが、人数が人数なので、全員一度に上げるというわけにはいかないのだ。

崖上にたどり着いた魔法使いたちは魔物を魔法で倒し、戦線を押し広げるようにして安全地帯を広げていく。


「魔法使いは全員上がったな！　次は油樽《だる》だ！」


そう言ってブレイザーが下ろしたロープに、船に同乗していたギルド職員たちが油樽を結びつけていく。

水分の多い魔物の内臓を灰になるまで焼き尽くそうとすると、結構な火力が必要になるので、燃料を持ち込むというわけだ。

できれば薪を現地調達したいところだが、魔物と戦いながら薪を調達するのも、それなりに骨が折れそうだからな。

「上陸完了！　さっそく火を焚《た》くぞ！」

冒険者たちが、火をおこし始める。

上陸地点のすぐ近くに焼却場を作れば、できあがった『地母神の霊薬』を運び出すのも簡単というわけだ。

「あとは各自、役割分担の通りに動いてくれ！」

今回のベリジス上陸作戦では、冒険者それぞれが役割分担を示す腕章をつけている。

腕章を見れば、その冒険者が何をする仕事なのか、ひと目で分かるというわけだ。

一つ目が、青い腕章をつけた『討伐組』。

その名の通り、ひたすら魔物を倒して回る役目だ。

戦闘に自信のある者や、魔力のまだ残っている魔法使いが担当することが多い。

二つ目が、黄色い腕章をつけた『運搬・解体係』だ。

魔物の内臓を入れるための樽を背負って、ひたすら魔物をさばき、内臓を『火の番』のもとに運ぶ役目だ。

魔物をさばく腕と体力が必要な一方、最前線には立たずに済む仕事ともいえる。

そのため、比較的戦闘経験の浅い者や、体力の落ちてきたベテランが多いようだ。

体力が落ちたとはいっても、イビルドミナス島の規準なのだが。

3つ目が、赤い腕章をつけた『火の番』。

運ばれてきた魔物の内臓を火にくべたり、燃料を適切に投入したりして、炎を維持する役目だ。

最も安全で戦う機会も少ない仕事なので、主に魔力を使い果たした後の魔法使いなどがやることになる。

魔法使いは青い腕章と赤い腕章を両方持ってきていて、魔力を使い果たしたら付け替えるような形だ。

俺は今回、『討伐組』に配置されている。

魔物をさばくのは得意ではないし、強力な魔法を使わなければ魔力が尽きることもないので、この役目になるのは自然な成り行きともいえる。

これだけ大規模な作戦にも拘《かか》わらず役目が3つにしか分かれていないのは、大雑把《おおざっぱ》すぎる感じもするが……そこから先を自分で考えるような冒険者だけが、ここに集められているということだろう。

他の冒険者たちに比べると俺は経験が浅いので、ひたすら魔物討伐に徹して、経験が問われるような役目は他の冒険者に任せることにしよう。

「火球、火球、火球、火球、火球」

俺は迫ってくる魔物たちに、次々に火球を撃ち込む。

すると、その合間をくぐるように黄色い腕章をつけた冒険者が走ってきて、倒れた魔物の内臓を一瞬で取り出すと、背中に背負った樽に入れて去っていった。

すさまじい早業だ。

『地母神の霊薬』回収依頼とはいっても、やることは魔物の討伐だけなので、分かりやすくていいな。

強力すぎる炎魔法を使わない縛りがあるだけで、あとは普段の戦いと変わらない。

一応、注意点として伝えられているのは、あまり戦線を広げすぎないことくらいか。

冒険者の人数自体はさほど多くないので、魔物と冒険者が入り乱れるような状況になると、内臓の回収が大変になってしまう。

そのため、魔物が前線より後ろ側に入り込んだりしないよう、上陸地点を守るような形で戦線を維持することになっている。

「ユージ、魔力は大丈夫か？」

「ああ。このペースなら問題なさそうだ」

俺は声をかけてきたブレイザーに、そう返事をする。

ブレイザーは青い腕章……討伐組の一員ということになっているが、実質的には冒険者をまとめるリーダー的な役目だ。

危険地帯での作戦は、実際にやってみないと分からない問題が起きるケースも多い。

そういった際に対処を決めるリーダーが現地にいると、俺たちも動きやすいというわけだ。

「戦っていて、何か気になったことはあるか？」

「直接的な戦いとは関係ないんだが、それでもいいか？」

俺はブレイザーに、先程から気になっていたことを尋ねてみることにした。

どうでもいいようで、地味に重要な問題だ。

「内臓を取り出した後の魔物は、どうするつもりだ？」

「……ああ、その問題か」

ブレイザーの反応を見た感じだと、すでに他の誰かも、同じ問題についてブレイザーに話していたようだな。

魔物のうち『地母神の霊薬』が含まれるのは消化器部分だけなので、残った部分はその場に放置されている。

そうすることによって荷物の量や、燃やすのに必要な燃料を最低限にとどめるというわけだ。

「焼いて食うとうまいって話だが……そんな暇もないんだよな」

「だろうな……」

俺は島のあちこちにスライムたちを配置し、異変がないかどうかを確認している。

そのスライムたちを通して見る限り、内臓を取った後の魔物はすべて放置されているようだ。

『火の番』たちは一番楽で、焼き肉を楽しむ余裕もある仕事……と思いきや、次々運び込まれる魔物の内臓を焼きつつ、火を絶やさないようにするのに忙しいようだ。

とてもではないが焼き肉なんていう場面ではなさそうだな。

「まあ、他に対処のしようもないから、放置する形になると思うぞ。そのうち土に返るさ」

「……つまり、腐るまで放置するってことか……」

「そうとも言うな。……ひどい臭いになるだろうが、まあ島を出るまでの我慢だ」

どうやらこの島はあと数日で、腐敗臭あふれる地獄になる予定らしい。

できれば、防げる悲劇は防ぎたいところだ。

「その魔物、スライムたちに食わせていいか？」

「もちろん食ってくれるならありがたい。好きなだけ食べさせてくれ」

「分かった。……根こそぎ持っていっていいんだよな？」

「構わないが、あの小さいスライムが……そんなに食うのか？」


食うんだよな……。

全部食えと言えば恐らく本当に食う。


ただ今回は、そのつもりはない。

肉はご褒美などであげることが多いのだが、その確保は常に重要課題なのだ。

処理に困るほどの量が一度に確保できるなら、こんなに都合のいいことはないだろう。


『スライム、内臓を抜き終わった魔物を、片っ端から回収してくれ。食べるんじゃなくて収納だぞ』

『わかったー！』

『あつめるー！』


そう言ってスライムたちが、魔物を集め始める。

こういうことをすると、収納するふりをしてこっそり食べるスライムも現れる……と思いきや、実は意外にちゃんと収納してくれたりする。

というのも、食べるのと収納するのは、簡単に見分けがつくのだ。

収納は一瞬なのに対して、食べる時には消化（？）で、意外と時間がかかるからな。

葉っぱなどの小さいものならもちろん一瞬なのだが、魔物丸々1匹となると、そうもいかないのだ。


そして、他のスライムによる監視も厳しい。

収納すれば後で自分が食べられるかもしれないものを、1匹のスライムが抜け駆けで食おうものなら、たちまち他のスライムに言いつけられてしまう。

スライムたちもそのことを分かっているので、こっそり食べたりはしないのだ。


『あのスライム、食べたよー！』

『ズルして、たべたー！』


……そのはずだったのだが、どうやら勘違いだったようだ。

1匹のスライムが勝手に魔物を食べたらしく、報告が上がってきた。

俺は言いつけたスライムに『感覚共有』を発動する。

すると、確かに1匹のスライムが、魔物を消化しようとしているのが見えた。

言いつけられたのに気付いて慌てて消化しようとしているようだが、ごまかすには遅かったようだ。


『魔法転送――魔物マーキング』


俺は盗み食いをしたスライムを見分けるために、マーキング魔法を発動する。

この魔法は『研究所』にいた頃に古文書から見つけたもので、自分にしか見えない印を魔物につけるという効果を持っている。

それによって、罪なきスライムと罪を犯したスライムを見分けることができるというわけだ。


『捕まえてきてくれ』

『わかったー!』


そう言ってスライムたちが、罪を犯したスライムを連行する。

現行犯逮捕だ。

スライムたちの間では、みんなの食べ物を勝手に食べるのは最も重い罪とされ、飯抜きの刑が待っている。

栄養状態のいいスライムの場合、1ヶ月ほどは何も食べなくても餓死したりはしないようだが、刑期は最高でも1週間ということになっている。

もちろん常に1週間というわけではなく、食べ物の量や貴重さによって刑罰は変わってくる。

今回は魔物1匹ということで、それなりに量は多いが……もの自体は、島で大量に産出している魔物にすぎない。

となると、そこまで罪は重くないな。

『今回の量だと、刑罰は……』

『しけい！』

『うちくびー！』

傍聴席のスライムたちが、物騒な声をあげる。

実のところ、この飯抜きの刑というのは、盗み食いをしたスライムを守るためのルールでもあるのだ。

食べ物がかかった裁判をスライムにやらせると、なんでもかんでも死刑になってしまうからな。

しかし、打首というのはどうなのだろう。

そもそもスライムに首があるのかどうかという話はさておいても、スライムを刃物で叩き斬ったところで、何の効果もないのではないだろうか。

試したりはしないが、なんだか打首はスライムにとって、ただの無罪放免に近い気がする。


『飯抜き3日だ』

『そんなー！』

『えー！』

『みじかいー！』


俺の言葉を聞いて、有罪となったスライムは絶望の声を上げ、他のスライムたちは罪が軽いと騒ぎ始める。

やはり食べ物の恨みは怖いようだ。

ちなみに飯抜き3日は、スライムに対して出た判決の中では、最も厳しいものだったりする。自然界でも3日くらい何も食べないことは割とあるようなので、スライムが弱ったりしないという保証があるのが、3日間という長さなのだ。

抑止力という意味で、1週間まではあるということにしているのだが……よほど罪が重くない限りは、4日以上にするつもりはない。

うちは内部の不祥事には甘い組織なのだ。

『盗み食いはすぐバレるから、もうするんじゃないぞ』

『はーい……』

そう言ってスライムが、しょんぼりと回収作業に戻っていく。

他のスライムによる監視があることが分かったので、流石にもう同じことはしないだろう。

飯抜き刑はなかなか効果があるらしく、今のところスライムによる盗み食いの再犯はゼロだしな。

「スライムの掃除屋か。便利なんだな……」

「こっちも頼む」

「中身入りの魔物が分かりやすくなって助かるな」

スライムたちへの反応も、好意的なようだ。

見るからに無害な魔物なので、警戒されているということもなさそうだな。

日が暮れてきた頃。

上陸地点のほうから大きな爆発《ばくはつ》音が鳴り響いた。

パパン、パン、パン、といった感じで4回だ。


「時間みたいだな」

「ああ。撤収するぞ！」


今の音は、船が接岸する合図だ。

事故や攻撃魔法による爆発と見分けるために、爆発のタイミングやリズムがちゃんと決められているというわけだ。


このタイミングで島から離れそこねると、あと12時間この島にいる羽目になる。

海が浅いと船が座礁してしまうため、満潮のタイミングでしか船が近付けないのだ。

俺《おれ》たちは急いで、上陸地点へと戻る。

そこでは沢山の冒険者たちが、海に向かってロープを下ろしていた。

すでに船は接岸し、剣士系の冒険者たちは崖を登ってきている。


今登ってきているのは、第二陣の冒険者たちだ。

冒険者を半分ずつに分けて、12時間ごとに交代するというわけだ。


この交代作業の間、前線はがら空きになり、魔物はどんどん上陸地点へと近付いてくる。

そのため、交代はできる限り短時間で終わらせる必要があるのだ。


「引っ張れー！」


そう言って冒険者たちはロープを引っ張り、第二陣の冒険者や油樽《だる》などを引き上げていく。

俺も油樽を引き上げるのを手伝いながら、すべての荷物や冒険者が崖の上にたどり着くのを待つ。

「引き上げ完了！　飛び乗れ！」

「着地に自信がない奴は、一旦《いったん》海に落ちるといいぞ！」

「いや、普通にロープを使えばいいだろ……」


荷物と冒険者の引き上げが終わると、俺たちは船に乗り込んでいく。

甲板に直接飛び降りる冒険者と、ロープを伝って降りる冒険者の割合は、大体半々のようだ。

ちなみに、俺はロープを使った。


「初日はなんとかなったな……！」

「ああ。だいぶ気が楽になった」


船が出港すると、冒険者たちがそう話し始めた。

島の魔物が手つかずで、上陸地点にすら魔物がいる初上陸は、今回の作戦で一番の難関とされていたのだ。

これが無事に成功したのは、作戦にとって大きなプラスだろう。

船のあちこちではすでに、今日の作戦の反省や、今後の戦い方などに関する議論が行われている。

死者はいないが、何人か怪我《けが》をした者は出たようだ。

前線の裏側に魔物が潜り込んだり、強すぎる炎魔法で魔物を焼き尽くしてしまったりといった問題も起こったようだな。


「『地母神の霊薬』はどのくらい取れた？」

「船内で精製中なので正確な重量は分かりませんが、恐らく2・5キロです」

「事前予測より少ないな。……まあ、内臓を全部燃やせてないいんだから当然だが」


ブレイザーとギルド受付嬢は遠ざかっていく島を見ながら、そう話している。

受付嬢は作戦説明をしてくれたのと同じ人なので、恐らく今回の作戦を取り仕切っているのが彼女なのだろう。

服装こそギルド受付嬢のものだが、実際は支部長クラスなのかもしれない。

そして……採れた『地母神の霊薬』が2・5キロというのは、確かに事前予測よりも少ない。

討伐ペースに問題がなければ、1日10キロは採れるという計算だったはずだ。

だが、原因は分かっている。

魔物から取り出した内臓の焼却が討伐に追いつかず、途中からは段々と内臓が溜《た》まっていく形になってしまったのだ。

これは別に火の番がサボっていたとかではなく、単純に燃料が足りなかったのが理由だ。

水を多く含む魔物の内臓を灰まで燃やしきるのはなかなか大変で、想定以上の量の油が必要になってしまった。

途中からは、燃料の節約のために『火の番』たちが内臓の外側をちまちま削り取るような、涙ぐましい努力も行われていた。

内臓の外側には『地母神の霊薬』が含まれないため、あらかじめ削り取っておけば、燃料の消費を減らせるというわけだ。

それでも奮闘むなしく、交代が行われる頃には燃料も尽き、火は消えてしまっていたようだ。

「まあ、油ならさっき沢山上げたから、第二陣の奴《やつ》らが焼いてくれるだろ」

「油の供給量を2倍に増やしたので、当面は問題ないと思います」

そう答えながらも、ギルド職員は浮かない表情だ。

言い方が少し気になるな。

『当面は』となると、後で問題が起きるみたいな言い方だ。


「油の供給を増やすと、何かダメなことがあるのか？」

「……油が足りないんです。元々、油の準備量はかなりギリギリだったので……」

「船でさえ予備を用意してるのに、燃料だけは足りてないのか……」

「準備期間が短かった上に、市場に出回っている油のほとんどは魔物油です。アレが使えないのは痛手ですね」


なるほど、魔物油はダメなのか。

確かにいわれてみると、料理などに使われている油は、ほとんど魔物から抽出したものだったような気がする。

魔物の種類によって味が違うようで、味にこだわりのある店は、そのあたりにもこだわったりしていたようだ。

そして燃料油は燃料油で、食用には適さない種類の魔物油が使われるというわけだ。

脂の多い魔物が自然発生する世界なので、わざわざ油をとるための作物を栽培するような文化が発達しなかったのかもしれない。


「魔物の内臓にだって、魔物油は入ってるだろ？　それもダメなのか？」

「精製の時に使う魔法の影響とのことです。魔法の魔力が混ざり込むんです。新しい精製法の検討も行われていますが、少し時間がかかると」

「……作戦を延期するのは難しいはずだ。間に合いそうか？」

「望みは薄いです」


これから油を作ってなんとかするというのは、あまり期待できそうにないな。

今回の作戦は、ただでさえギリギリのスケジュールで動いているという話だった。

広大な国の全体に『地母神の霊薬』を行き渡らせるのは、それ自体が非常に時間のかかる事業だ。

たとえ必要な量の『地母神の霊薬』がすでに揃《そろ》っていたとしても、物流面などではかなり苦労することだろう。

国全体で２００キロというのは大した量ではないように感じるかもしれないが、それを配る必要がある街や村の数が膨大なのだ。

他国でも『地母神の霊薬』の確保に動いているという噂《うわさ》は聞いているが、他国から買ってくるというのも現実的ではない。

どこの国も自分の国に必要な量を確保するのにすら苦労するくらいなのだから、他国に売っている余裕などないだろう。

「……魔物の油じゃなかったら、何の油を使ってるんだ？」

「一部の地域では、植物の種から採った油が使われることがあります。あるだけ全部買い取ったんですが……産地でも嗜好《しこう》品の扱いなので、量が手に入りませんでした」

「植物の種をちまちま絞るのか？　気の遠くなる話だな……」

どうやらこの世界の人間にとって、菜種油やゴマ油などといった植物油は、やたら確保が面倒そうに感じる代物のようだ。

まあ、今の世界でゴマを見たことはないので、そもそもゴマ油はないような気もするが。

などと考えつつ俺は、話に割って入る。

「薪を使うのはどうだ？」

「確かに、いいアイデアだな。薪なら魔力は混ざらないだろ？」

ブレイザーは、俺の言葉に頷《うなず》いた。

油がないなら薪を使えばいいというのは、まったくもって当然の発想だろう。

「はい。今は薪を用意中です。しかし……薪だと油の10倍近い量が必要になってしまうので、荷揚げに時間がかかってしまいます」

「そこは仕方ないだろ。……荷揚げが終わるまで待ってたら、船は座礁するか？」

「船は大丈夫だと思います。ですが荷揚げは最も隙の多いタイミングなので、冒険者の方々を危険に晒《さら》すことになります」


どうやら彼女は、冒険者の心配をしてくれているようだ。

確かに、油に比べると薪のエネルギー密度は低いので、輸送は大変かもしれない。

かといって魔物だらけの中で現地調達というのも、問題の解決にはならないような気がするしな。

「冒険者は危険を背負うのが仕事だ」

「仰《おっしゃ》る通りです。ギリギリまで油の確保には動きますが……最悪の場合、薪の使用をお願いすることになるかと」

「任せとけ」

「……薪を使用する場合は報酬を増額できないか、本部にかけあってみます」

どうやらこの調子だと、最後は薪を使うことになりそうだな。

そう考えたところで……俺はふと気がついた。

輸送のことで悩む必要など、最初からなかったことに。

「スライムに薪を運ばせれば解決じゃないか？」

「……あっ」

「あっ」

俺の言葉を聞いて、受付嬢とブレイザーが顔を見合わせる。

イビルドミナスで『地母神の涙』を運ぶのにスライム収納を使っていたので、スライム収納の容量が大きいことは、二人とも知っているだろう。

受付嬢がイビルドミナスにいたわけではないが、作戦に参加している冒険者の情報などは、頭に入っているような感じだったし。


「すみません、お願いできますか？」

「ス、スライムってすごいんだな……」

「あんな真似《まね》ができるのは、ユージさんのスライムだけですよ……普通は無理です」


二人の言葉を聞いて、スライムたちが誇らしげにしている。

実際、輸送という意味でもスライム収納は反則的なんだよな。

世界が平和になったら、冒険者をやめて運送業でもやるのもいいかもしれない。


「ちなみに、島の土をスライムに持って帰ってもらうわけにはいかないのか？」

「……できるかもしれないが、精製できるのか？」

「技術開発の依頼は可能ですが、間に合うとは思えませんね……」


依頼の説明の時に聞いた話だと、あの島の土に含まれる『地母神の霊薬』は、土のわずか10万分の1程度らしい。

1キロの『地母神の霊薬』を確保するために、100トンもの土が必要になる計算だ。

土の輸送がどうとか以前に、土の中から『地母神の霊薬』を取り出す作業が間に合わないだろう。

なんとかして精製する方法を開発したとしても、200キロの『地母神の霊薬』を取り出すために2万トンもの土をなんとかしようとしている間に、王国民は揃って餓死してしまうはずだ。

その後で『地母神の霊薬』が手に入ったところで、何の意味もない。

「スライムを使って反則はできないか……」

「膨大な量の薪を簡単に運べる時点で、もう反則ですけどね……」

ちなみに『スライム水分吸収』というスキルもあるので、内臓から水分を抜くというアイデアもある。

以前には薪を乾燥させるのに使ったスキルだが、魔物の肉が相手でも使える可能性はあるだろう。

とはいえ、あれも魔法の一種だし、魔物のスキルが『地母神の霊薬』に悪影響を及ぼさないとは言い切れない。

『地母神の霊薬』が消滅するとかだったら実験で分かるからいいのだが、実は目に見えない劣化が『地母神の霊薬』に起こるとかだったら、目も当てられないことになる。

見た目はなにも変わっていないのに、実は効果を失っているというようなパターンが、一番怖いのだ。


薪や油の炎で燃やせるのなら、それが最も安全な選択と言えるだろう。

もし時間があれば、色々な方法を試してみる余裕もあるかもしれないが……今回は時間との戦いなので、寄り道をしている時間はなさそうだ。

◇

それから20日と少し経《た》った頃。

俺たちは今日もいつも通りに、島から帰る船にいた。

目標量200キロに対して、今までの採取量は190キロほど。

採取された『地母神の霊薬』は、すでに王国の各地へと運ばれている。

そろそろゴールが見えてきているにも拘《かか》わらず、船の雰囲気は重かった。

『地母神の霊薬』の採取量が、日に日に減っているのだ。

「今日の採取量はどのくらいだ?」

「……1キロあればいいほうかと」

「昨日と同じか。……討伐数はだいぶ増えたはずなんだけどな」

最初の頃、魔物から採れた内臓をすべて灰まで燃やせば、10キロを超える『地母神の霊薬』が手に入った。

だが段々と収量は下がり、2日前くらいに1キロを切った。

別に冒険者がサボっているというわけではない。

魔物が減ったぶん戦線を広げ、魔物に背後を取られる危険を冒しながら、1匹でも多くの魔物を倒そうとしている。

流石《さすが》に黙っていてもいくらでも魔物がやってきた序盤に比べれば討伐数は減っているが、初期と比べても7割くらいは倒せているだろう。

にも拘わらず、収量が減っている理由は単純だ。

1匹の魔物から採れる『地母神の霊薬』の量が、少なくなっているのだ。

「やはり、元々島にいた魔物が減ってしまっているんでしょうね……」

「『魔物鉱脈』も、そろそろ枯渇ってわけか……」

今俺たちが集めている『地母神の霊薬』は、土中にわずかに含まれる『地母神の霊薬』が植物や草食魔物を介して、魔物の体内に蓄積されたものだ。

長い間この島で食事をしてきた魔物だからこそ、意味があると言える。

だが、すべての魔物がそうだというわけではない。

魔物は森などで自然発生するため、沢山狩っても絶滅などはしないのだが……生まれる魔物は所詮、新しい魔物にすぎない。

その内臓を燃やしたところで、ほとんど『地母神の霊薬』は入っていないのだ。

収量の減少は、冒険者たちが元々いた魔物をほとんど狩り尽くし、島にいる魔物に『新しく生まれた魔物』が占める割合が大きくなっていることを意味している。

このまま狩りを続ければ、この現象はさらに進んでいくことだろう。

「目標量は200キロということになっていましたが、すでに半年後の小麦に必要な量は確保できています。……そろそろ終わりにしますか？」

「……そうだな。今日で終わりにしよう」

受付嬢の言葉に、ブレイザーが頷く。

どうやら、この『地母神の霊薬』集めは今日で終わりのようだ。

冷静な判断だな。

ここ最近は、戦線を広げることなどによって、冒険者の被害も増えている。

複数名の冒険者での行動が徹底されたお陰で、なんとか死者はゼロにできているが……重傷者などは複数出ていて、いつ死者が出てもおかしくはない状況だ。

俺もスライムを使って見張ってはいるが、魔物相手の接近戦で起こる事故は一瞬の出来事なので、対処が難しいのだ。

魔物の密度や『地母神の霊薬』の産出量が減ったのをカバーしようと、冒険者たちも無理をしがちになる。


そして……見ている感じ、単純に冒険者の動きが悪くなっているような気もする。

まあ、12時間戦って船に戻り街で寝て、翌日にはまた12時間……というのを休日もなく繰り返せば、初日みたいな戦闘力は維持できないのも当然だ。


いくらイビルドミナスの冒険者たちが経験豊富な精鋭だとは言っても、人間である以上、限界というものはある。

かといって替えの人員がいるわけでもないので、休日を作るというのも難しい。

すでに必要量が確保できたなら、あまり無理をすることもないだろう。


「今回はなんとかなったが……『湿り日照り』は、ずっと続くんだろ？」

「『地母神の霊薬』を使用した畑に呪《のろ》いが残留する期間は各所で研究中ですが、少なくとも1年後に再散布が必要になるのは間違いないと思われます」

「……1年後か。……この島の魔物がまた『地母神の霊薬』を溜め込《こ》むには、時間が足りないな」


今この島で採れた『地母神の霊薬』は、恐らく何十年にもわたって蓄積されたものだ。

たったの1年でそれが回復するというのは、確かに考えにくい。


「1年後のあてはあるのか？」

「上陸できる可能性がある島が他にいくつかあるので、それらの調査を行い、上陸可能性を探る予定です」


なるほど、他の島で同じことをするというわけか。

それができるなら、何年かもつかもしれないな。

とはいえ、『可能性がある』という言い方をしているということは、あまり期待はしていないのかもしれない。


「……いけそうなのか？」

「正直なところ、この島よりはだいぶ厳しくなると思います」

「だよな。……まあ、今回は一人も死んでないから、死者を覚悟すればもうちょっとはいけるさ」

「犠牲覚悟の作戦で、冒険者の方々はついてくるでしょうか……？」

「今ほどの人数はいないかもしれないが、大半は来るはずだ。昔のイビルドミナスじゃ、死人が出るのは珍しくなかったからな」

ブレイザーは受付嬢の言葉に、そう答える。

俺がいた頃のイビルドミナスは、まだ安全になったほうだったようだ。

まあ、時間とともに経験や環境整備も進んで、安全になっていったということかもしれない。

「最悪の場合、お願いすることになるかもしれません。……しかし調査結果によっては、船で近付ける島がない可能性もあります」

「船を壊す魔物か……」

「はい。極度の危険地帯の場合、船でさえ沈められてしまう可能性が高いです。飛行系魔物と水棲《すいせい》魔物が厄介ですね」

船が沈められるとなると、確かに上陸は難しそうだな。

結界魔法などを足場にして移動するというのも、飛行型魔物が相手だと厳しそうだ。

「……もし上陸できる島がない場合、どうなる？」

「王都で『地母神の霊薬』に頼らない対処法を調査中です。魔法から農業まで幅広い研究機関を動員しているので、時間さえあれば……」


調査中……。

つまり、それらしい対処法はまだ見つかっていないに等しいということだな。


「その研究がうまくいかなければ、王国民は仲良く飢え死ぬってわけか……」

「魔物肉や野生植物があるので、ある程度の食料確保はできると思いますが……大飢饉《ききん》になるのは間違いないかと」

「……そうか……」


彼女の言葉を聞いて、ブレイザーが難しい顔で考え込む。

腕に覚えのある冒険者は、たとえ農作物が全滅しようが自力で生きていけるだろうが……一般市民はそうもいかないだろう。

この作戦に来ているレベルの冒険者なら、危険を冒さずとも自分の生活くらいは何とかなる。

それだけでよしとしない者たちだからこそ、ここに集まっているというわけだ。

「作戦を1日だけ延ばせないか？　ユージにも協力してほしい」

「何をするつもりなんだ？」

「スライムの力で、ベリジスの土を運んでくれないか？　そこから『地母神の霊薬』を取り出す方法は、偉い学者にでも考えてもらえばいい」

なるほど、ベリジスの土から、魔物を介さずに霊薬を取り出すというわけか。

だが、問題は量だな。

「今回の量を確保しようと思ったら、2万トン必要な計算だぞ……」

「……2万トンは流石に厳しいか……？」

「1立方メートルの土が大体1・5トン程度だと言われるので、13000立方メートル以上の土を削り取って運ぶ必要がありますが……そんなことができますか？」

「……どうなんだろう」

スライム収納の上限は、調べたことがなかったな。

もしかしたら入るのかもしれないが……それ以上の問題がある。

「仮に運べたとして、そんな量の土を精製する方法があるのか？」

「2万トンは……正直なところ、研究が進んでも無理だと思います」

だよな。

危険地帯ではない場所ですら、2万トンの土を動かすだけで一苦労なのだ。

その中から0・01％しか含まれていない『地母神の霊薬』を取り出すなど、夢物語と言うほかないだろう。

「じゃあ、どうすればいいんだ……？」

「研究がうまくいくことを祈るしかないと思います。もしくは、他国が余裕ある量の確保に成功すれば売ってもらえるかもしれません。それがダメなら……上陸できる島があることを願いましょう」

「……そうだな」

こうしてベリジス島での『地母神の霊薬』採集は、一応成功と呼べる形で終わった。

当初の目標量を確保し、1年という時間を稼げたのは、非常に大きい成果といえる。
だが来年への不安は残ったまま、俺たちは帰路につくのだった。

第六章

それから1ヶ月ほど後。

俺《おれ》はギルドの依頼で、またベラールへと来ていた。

「すみません、調査にご同行頂いて……」

「いや、大丈夫だが……ちゃんとした研究者とかじゃなくていいのか？」

俺がここに来たのは、ギルドによる島の調査に同行してほしいという依頼があったからだ。

しかし、俺は別に海に詳しいわけではないし、冒険者が立ち入れる島かどうかの判断などができるわけでもない。

B級索敵者という資格は持っているが、それだけで調査に採用する価値があるかと言われると……他にもっと適任がいくらでもいる気がする。

などと考えつつ、俺は船に乗り込む。

イビルドミナス連絡船と比べるとずいぶん小さいが、鋼鉄でできた頑丈そうな船だ。

危険地帯付近の調査を行うとなると、こういった船のほうが都合がいいのだろう。

あまり大きい船だと、座礁しやすかったりという問題もあるだろうからな。


だが、調査船にしては少し様子がおかしいところもある。

乗っている人間が、あまりに少ないのだ。


この船に乗っているのは、俺とギルド受付嬢と、船長……この三人だけ。

受付嬢はベリジス攻略作戦を仕切っていた人なので、これがベリジスと関係のある依頼だということは分かるが……それにしても、三人というのは少なすぎる。

普通ならもっと、調査員とか研究者とか、調査用の機材などが積まれているものではないだろうか。


「俺だけなのか？」

「はい。必要最低限の人員で行きます。……それと、ここで見たものは一切《いっさい》他言しないでください」

「分かった」

どうやら参加者が極めて少ないのは、情報を隠すためということのようだ。

とはいえ……その言葉を完全に信用できるかといえば、正直なところ難しい。

今まで、怪しげな組織がギルドに入り込んで暗躍するようなケースも、何度か見ているからな。

特にベリジスの件では、スライム収納が大活躍した。

それを面白《おもしろ》く思わなかった者がいるとすれば、俺が暗殺の対象か何かになる可能性も高いだろう。

『スライム、船に怪しいところがないかどうか、こっそり調べてくれ』

『『わかったー！』』

俺はスライムたちに、船内を探ってもらうことにした。

とりあえず、なにか細工があれば見つかるかもしれないからな。

スライムには隠密《おんみつ》魔法をかけているので、簡単に見つかることもないだろう。

などと考えていると、受付嬢が口を開いた。

「警戒されていますか？」

「いや、警戒はしていないが……」

「無理もないと思います。たった三人で危険地帯行きなんて、私だったら海にでも沈められるんじゃないかと思いますから」

どうやら、怪しいのは自覚しているようだ。

その上で俺を連れて行くとなると、それなりの事情があるのだろうな。

とりあえず、様子を見てみるとするか。

もちろん、警戒を解くつもりはない。

海に落とされたりしないように、船の端には近付かないようにしておこう。

◇

それから1時間ほど後。

受付嬢がふいに口を開いた。

「今向かっているのは、リパイア島……ベリジスの次の採掘地の、最有力候補です」

「その島を調べたいのか？」

「はい。もちろん上陸したりはしませんが、島に近付きます。……ユージさんは島を見て、思ったことをそのまま言ってください」


なんだかよく分からない指示だな。

まあ、依頼は依頼なので、とりあえず従っておこう。

ギルドからきた指示は、ギルドが『救済《きゅうさい》の蒼月《そうげつ》』に乗っ取られていた時などを除けば、正解であることが多かったからな。


ちなみに今回の『湿り日照り』に関して、『救済の蒼月』が何か目立った動きを起こしている様子はない。

彼らは『湿り日照り』が呪《のろ》いだということにすら気付いていないようで、自分たちの畑の調子が悪いことに対して困惑しているようだ。

『救済の蒼月』は呪いのエキスパートだったので、彼らが呪いの存在に気付いていないことには若干の不自然さも感じるが……これは恐らく、『研究所』が扱う呪いと『救済の蒼月』が扱う呪いが、違った性質を持つものだからだろう。

『救済の蒼月』は、派手な爆発《ばくはつ》や破壊をもたらす直接的な呪い……呪いというよりは魔法に近いものを使っていたのに対して、『研究所』は『試料』を使い、魔物の召喚や農業の妨害などといった、地味でまわりくどい手段を取りがちな印象だ。

そのため、このような薄くて地味な呪いに関しては、あまり詳しくないというわけだな。

もちろん、今はだいぶ勢力を失って大人しくなったとはいえ、『救済の蒼月』が危険な犯罪組織であることに変わりはない。

畑を失った『救済の蒼月』が、被害の穴埋めのために略奪などを始める可能性だってあるので、これからもちゃんと監視していく必要はあるだろう。

まあ、畑を失って略奪を始めたりしたら、もはや教団というよりはただの野盗という感じがするが。

などと考えていると、遠くに島が見えてきた。

だが島の様子は、ベリジス島とはだいぶ違うように見えた。

ベリジス島は表面に生えた木々によって緑色に見えていたが……この島は、なんとなく黄色というか……茶色っぽいのだ。


その原因は、近付くうちに分かった。

島を覆《おお》うように生えた木が、どれも茶色く枯れていた。


「……木が枯れてるな」

「はい。ユージさんをお呼びしたのは、それが理由です」

「俺は樹木医じゃないんだが……」


木が枯れたとなると、ドライアドかタガスあたりの専門分野だろう。

ドライアドを呼べれば一番早いのだが、残念ながらドライアドの瞬間移動は、陸続きな場所にしか使えない。

それに、木が枯れてしまうような場所に仮に呼べたとしても、ドライアドを弱らせてしまう可能性もある。


だとすれば、タガスが適任だろうか。

彼は植物の声が聞こえるようなので、木が枯れた理由なども分かるかもしれない。

しかし、完全に枯れて死んだ木は喋《しゃべ》らないような気もするので、タガスを連れてきても原因は分からないかもしれないな。

「とりあえず、異常事態なのは確かだな」

「やはりそう思いますか？」

「ああ。『地母神の霊薬』には、木の病気を防ぐ効果があると聞いた。……そんなものが沢山ある島で、木が一斉に枯れるわけがない」

などと話している間にも、船は島へと近付いていく。

そこで俺はようやく、ここに連れてこられたのが樹木医や農家ではなく俺だった理由に気がついた。

島から、なんとなく嫌な雰囲気が伝わってくるのだ。

「これは……呪いか？」

俺はそう呟《つぶや》きながら『感覚共有』を発動し、スライムの感覚を借りる。

すると……先程から感じていた嫌な感触を、より強く感じるようになった。

スライムは人間と比べて、魔力に対して鋭敏な感覚器官を持っている。

そのため呪いなどにも、強く反応するというわけだ。

エンシェント・ライノなどがいたらもっと早く気付いたのかもしれない。


『なんか、いやなかんじー』

『のろいだとおもうー』


スライムたちも、呪いに気付いているようだ。

同じ感覚器官を使っているのだから当然だが、間違っていなさそうで安心した。

まあ、これが呪いだからといって、安心できるような要素は一つもない。

問題は、この呪いがどういったもので、なんの目的で作られたものかだ。

島を見て真っ先に思いついた可能性は、この島にもあれと似たような柱があったというものだが……人類を滅ぼすのが目的なら、こんな僻地《へきち》の無人島に柱を埋め込む理由があるとは思えない。

いくら大量の柱を埋めて呪いを広げるとは言っても、もうちょっとマシな手段を選ぶだろう。

『この呪い、ドライアドに案内してもらった柱と違うよな？』

『ちがうー』

『なんか、違うー！』


やはり、違う呪いのようだな。

次から次へと、よくも沢山の呪いを作り出せるものだ。

まあ、そもそも今回の呪いが『研究所』によるものなのかすら、まだ分かってはいないのだが。

そう考えつつ俺は、『術式解析』を発動する。

汚染の呪い

土に染み込み、動植物を破壊する呪い。

徐々に減衰しており、効果時間は短いと考えられる。

やはり、あの呪いとは違うようだな。

『術式解析』はその場にある術式を分析してくれるだけなので、それを誰《だれ》が作ったかまでは教えてくれないわけだが……それでも、違う点は見つかる。

『湿り日照り』をもたらした呪いの柱を『術式解析』した結果は、こんな感じだったはずだ。

呪いの残滓《ざんし》

大昔に作られた呪いの残滓。


違いは明らかだ。

柱のほうは、大昔に作られた呪いだと書かれているが、この島の呪いには古そうな記述はない。

そして呪いの持続時間も、この島にかけられたものは短いようだ。

「やはり、呪いだと思われますか」

「ああ。……だが、『湿り日照り』とは違うタイプの呪いという印象だ」

「……やはり、ユージさんに来ていただいて正解でしたね。『湿り日照り』のことも最初の報告がユージさんだったので、呪いのスペシャリストだと思ったんです」


呪いのスペシャリスト……。

そんなものになった覚えはないのだが、『救済の蒼月』や『研究所』と戦っているうちに、呪い相手の戦いに慣れる羽目になったところはあるかもしれない。

別に呪いに詳しくなったというわけではないのだが、わけの分からない呪い相手によく分からないまま戦う経験は、無駄に多くなってしまった。

まあ、詳しくないなりに、最近は多少調べられるようになってきたような気もする。

スライムやエンシェント・ライノなどといった人間より呪いに敏感な魔物に加え、レリオールから教わった『術式解析』で、多少は調べられるようになったからな。

以前は何も分からないまま、とりあえず『解呪《かいじゅ》・極』を打ち込んだりして様子を見るくらいしかやることがなかったので、術式自体を調べられるようになったのはちょっとした進歩だ。

この『術式解析』自体も、『研究所』の実験に巻き込まれた時に覚えたものなので、スペシャリストという感じはまったくしないが。

やったことといえば、レリオールにもらった本を1冊読んだだけだしな。

「それで……この呪いについて、何か聞きたいのか？　……呪いの内容とかまでは分からないぞ」

「いえ。この島の木が枯れている原因が疫病などではなく呪いだと分かれば、それで十分です」

「……呪いかどうかが関係あるのか？」

「はい」


そう言って受付嬢は、一度口を閉じる。

数秒して、彼女は口を開いた。


「乗船時にもお伝えしましたが……特にここから先の話は、絶対に他言無用でお願いします」

「分かった」

「事前調査で、この島の魔物を1体調べたんです。船から魔法を打ち込んで倒し、返しのついた矢で回収しました」


なるほど、事前調査というわけか。

俺たちがベリジスに上陸する前も、これと似たようなことが行われていたのかもしれない。

「その結果……島の魔物から得られた『地母神の霊薬』のサンプルがこれです」

そう言って受付嬢は、厳重に鍵《かぎ》をかけられた箱からガラスの小瓶《こびん》を取り出した。

中には小さな茶色い塊が入っている。

ベリジス島で採れた『地母神の霊薬』は、もっときれいな白色をしていたはずなのだが。

そう考えて俺は、『術式解析』を使う。

すると、先程と同じ呪いと似た説明が表示された。

汚染の呪い
土に染み込み、動植物を破壊する呪い。
魔力によって中和され、ほとんど消えかけている。

だが、先程と少しだけ文章が違う。

魔力によって中和され、消えかけているという文章の部分だ。

恐らく、『地母神の霊薬』に含まれている魔力が、呪いを中和したのだろう。


「呪われてるみたいだな。島と同じ呪いだ」

「やっぱりそうですよね。……タガスさんにも試してもらいましたが、これを使った植物は喜ぶどころか、むしろ苦しんでしまったそうです」

「……なるほど」


どうやら、効果の方も確認済みみたいだな。

だが、もう一つ試すべきことがある。


「そのサンプルにかけられた呪いを解《と》けるかもしれない魔法がある。試してみていいか？」

「できるんですか？　ぜひお願いします！」


俺は受付嬢から、小瓶を受け取る。

そして中にあったサンプルを1粒取り出して、魔法を発動した。

「解呪・極」

魔法を発動すると、茶色だった塊が、灰色へと変化した。
だが……本来の『地母神の霊薬』は、もっときれいな白色をしていたはずだ。

俺はさらに術式解析を発動するが、特に反応はない。
反応がないということは、呪いは解けていると考えていいだろう。

ちなみに『地母神の霊薬』の場合も、『術式解析』は反応しない。
そのため、ただ『術式解析』が反応しないだけで、『地母神の霊薬』が効果を失っているとは言い切れない。

だが、変質してしまっているということ自体は、まず間違いなさそうだな。
魔力を含む炎に弱いという話だったが、他にも色々と魔力絡みの干渉には弱い物質なのかもしれない。

『地母神の涙』は炎魔法適性つきの『終焉《しゅうえん》の業火《ごうか》』で焼いても無事だったのだが……『地母神の霊薬』はデリケートなようだ。

「灰色か……なんだか、あまりうまくいっていなさそうだな」

「色が変わっているということは、ある程度の効果を発揮したのは間違いないでしょう。実験してみる価値はありますね」

彼女の言う通り、実験する価値くらいはあるか。

もし多少効果が落ちてしまっているとしても、ある程度の効果が望めるなら、茶色い『地母神の霊薬』も解呪して使えるかもしれない。

「実験にはどのくらいの量が必要なんだ？」

「魔力消費などの問題がないなら、この瓶《びん》は全部解呪していただけると助かります。未解呪のサンプルは、他にも確保していますから」

「分かった。解呪・極」

俺はそう言って、瓶ごと呪いを解除する。

茶色かった『地母神の霊薬』は、すべて灰色に変わった。

「ちなみに、他の島はどうなってるんだ？」

「接近しての調査が可能な島は、いずれも同様の状態でした。……上陸調査は難しいので、今のところ原因までは分かっていません」

「ベリジスもか？」

「ベリジスに変化はありませんでした。しかし、『魔物鉱脈』の資源量も回復はしていないと思われます」

イビルドミナスの冒険者たちが上陸していたベリジスだけが無事で、他の『地母神の霊薬』がある島だけが全滅したわけか。

なんとなく、人為的なものを感じるな。

『術式解析』の結果でも、この島の呪いは『湿り日照り』と違って、古いものだと書かれてはいなかった。

つまり、ごく最近もたらされたものだという可能性もあるわけだ。

呪いの時期に加えてベリジスだけが無事だったという可能性を合わせると、一つの可能性が浮上する。

それは、俺たちがベリジスで『地母神の霊薬』を採取している間に、何者かが他の島に呪いをばらまき、『地母神の霊薬』を壊したという可能性だ。

ベリジスだけが無事だったのは、沢山の冒険者がいる島だから手が出せなかったと考えると説明がつく。

この島は、後で調べてみるとするか。

たとえギルドの船がなくとも、スラバードにスライムを運んでもらえば、ある程度は調査が行えるはずだ。

できれば、今この場で調べてしまいたいところだが……何かあった時には『魔法転送』を使う必要があるので、誰もいないところでやったほうが安全だろう。

『魔法転送』は、基本的に隠しておきたい魔法だからな。

それとは別に、もう一つ気になることがある。

島の呪いのことを、ここまで厳重に隠す理由だ。

「……この話、どうしてここまで隠す必要があるんだ？」

俺はそう言って、船内を見回す。

結局、船の中には何の細工も見つからなかった。

船にいるのは正真正銘、俺たち二人と船長の三人だけだ。

イビルドミナス連絡船に限らず、普段なら船にはもっと沢山の人間が乗っている。

船を動かす魔導具などの管理や、問題が起こった時の対処など、人手が必要な理由はいくらでもあるからだ。

別に事故を起こすつもりがなくとも、三人だけでの航海というのは、ある程度の危険があると考えていいだろう。

この呪いは、そこまでして隠したいものだということだ。

「実は……他国との間で、『地母神の霊薬』の調達交渉が進んでいるんです」

「次の入手手段がないのがバレると、足元を見られるってことか？」

「まさにそのとおりです」

なるほど、これが島の呪いについて隠している理由だったか。

他国も『地母神の霊薬』の調達には苦労すると思っていたのだが、どうやら売るほど手に入れた国もあったようだ。

確かにそういった国があるなら、『安ければ買うけど、高ければ自分たちで採りにいきますよ』みたいな顔をしていたほうがいいだろう。


「その国は、どうやって『地母神の霊薬』を手に入れたんだ?」

「分かりません。冒険者が大々的に動いたという話は聞いていないので、以前から持っていたのかもしれません」

「なるほど、まだ手に入った時代に買い込んでたわけか」

「その可能性はありそうです。昔は普通の肥料として、お金さえ出せば手に入りましたから」

枯渇しそうな資源などを、まだ買えるうちに買い込んでおくというのは、よくある話だ。

むしろ王国が『地母神の霊薬』を大量に溜《た》め込《こ》んでいなかったこと自体が、今こんなに困っている原因だとも言える。

しかし、他国がそれを溜め込んでいたとすると、また別の可能性も出てくるな。

「『地母神の霊薬』が余ってる国は、いくつもあるのか？」

「いえ、一つだけです。……備蓄があると噂《うわさ》されている国は他にもいくつかありますが、『湿り日照り』がいつまで続くかも分からない状況の中で、売るつもりはないようです」

「呪いをばらまいたのは、その国だったりしないよな？」

自分たちに備蓄があるのをいいことに、世界に残った『地母神の霊薬』を破壊する。

そして『地母神の霊薬』が不足した国を相手に、備蓄していた『地母神の霊薬』を高値で売りつける。

およそ人間のすることとは思えない非道だが、それでも利益《りえき》になるとすれば、やる人間はいる。

日本にいた頃は、利益のためなら何でもする人間に関するニュースなど、数えきれないほど見てきた。

この世界にいるのも同じ人間なのだし、むしろ『救済の蒼月』や『研究所』といった組織が存在できるほど治安の悪い世界なので、このくらいのことは十分に考えられるだろう。

「ユージさん、政治か商人の経験があるんですか？」

「いや、別にないが……」

「それでもすぐに、私たちと同じ予想にたどり着けてしまうんですね……。実はそのあたりも可能性として考えています」

「……もしそうだった場合、呪いのことを隠しても意味は薄そうだな。交渉の前から、相手は呪いのことを知っている」

「はい。なので……できれば『地母神の霊薬』なしで何とかする方法か、その手がかりだけでも用意したいとは考えています。……なので、解呪後が灰色だということも隠しておいてください。場合によっては解呪すれば使えると嘘《うそ》をつくかもしれないので」

「分かった。この依頼で見たものや聞いたものは、一切外では話さない」

どうやら、外交などにまで関《かか》わってくる話のようだ。

となると……俺は関わらないほうがいいだろう。

なにしろ、俺は自分が今いる国の名前すら知らない。

国内では『王国』と呼ばれているのしか聞いたことがないのだが、ここは一体なに王国なのだろうか。

それとも、『〇〇王国』などではなく、そのまま『王国』という名前の国なのか……？

そんなことも知らない人間が外交絡みの話に首を突っ込んで、ロクなことがあるわけない。

俺にできるのは、ただ余計なことを言わず黙っていることだけだ。

まあ、スライムを忍び込ませて何かできそうなら、やる価値はあるかもしれないが。

それから数時間後。
船を降りた俺《おれ》は、スラバードにスライムを持たせ、リパウイ島へと向かわせていた。
名前が似ているが、先程船で行ったリパイア島とは別の島だ。

俺たちが見に行った直後の島で何かあったら、俺に何か疑いがかかる可能性がある。
別の島にしていたほうが、何かあった時に戦いやすいというわけだ。
場合によっては『極滅の業火《ごうか》』などを使わざるを得ないかもしれないしな。

『島が見えてきたよ～』
『枯れてる～！』

リパウイ島もギルドが言う通り、木々は枯れているようだった。
魔物の密度は……ベリジスよりやや多い感じだが、空を飛ぶような魔物は見当たらない。

これならスラバードがいれば、安全に様子を見られるだろう。

『スラバード、まずは高度を上げて、島全体が見えるようにしてくれ』

『わかった～』

そう言ってスラバードが、空高くから島を見下ろす。

島はほとんど全域が魔物だらけで、人間などは見当たらないようだ。

呪《のろ》いを仕掛けた人間は、すでに離脱したか、魔物の餌にでもなったようだな。

だが、手がかりは見つかった。

島の木々の枯れ方が、明らかに偏っているのだ。

島の一角……ある砂浜を中心としたあたりはほとんど茶色く枯れているのに対して、そこから離れるほどに木々は元気を取り戻し、反対側はまだ緑色の部分がわずかに残っている。

そして魔物すら、その砂浜には近付いていない。

島の反対側に比べると、魔物たちの動きも鈍く、あまり元気がなさそうだ。

あの砂浜あたりに原因があるのは、間違いなさそうだ。

『スラバード、あの枯れてる砂浜の方に近付いてくれ』
『わかった～』
『危なそうだったら一度止まってくれ』
『うん～』

そう言ってスラバードが、地面に向かって降りていく。
俺は『感覚共有』で、その様子を観察する。
すると……段々と、嫌な感覚が強まり始めた。
恐らく、呪いの感触だ。

『スラバード、止まってくれ』
『まだ、だいじょぶ～』
『一応止まっておいてくれ』

俺は上空で、スラバードを止めた。

本人はまだいけると思っているようだが、プラウド・ウルフのように本人が気付かないまま呪いの影響を受けることもあるので、油断は禁物だろう。

「魔法転送――対魔法結界」
「魔法転送――解呪《かいじゅ》・極」

俺はスラバードを結界で囲い、結界の中を解呪魔法で浄化した。
とりあえず、これでスラバードが呪いの影響を受けることはないだろう。

呪いの原因は、すでに予想がついている。
砂浜の端に、木製の浮きとともに、スイカほどの大きさの箱が落ちているのだ。

それも、一つではない。
不規則な間隔で、5つ……似たような形の箱が落ちている。
それぞれの箱の側面には、小さな魔導具がついていた。

「術式解析」

俺は箱に『術式解析』を発動する。
すると、島とは違う呪いが表示された。

呪い浸透術式
内部の呪いを土へと打ち込み、浸透させる術式。
魔力供給が切れており、現在は稼働していない。

やはりこれが元凶だったようだ。
魔力供給が尽きたのは、恐らくこの魔導具が役目を終えたからだろうな。
そう考えながら箱を一つずつ『術式解析』していくが、いずれも結果は同じだった。
これらの箱は、どれも同じものだと考えていいだろう。

魔導具の中を調べたいところだが、流石《さすが》にこのままスラバードを近付けるわけにもいかない。

ギルドに連絡しても、危険地帯の中の、しかも得体の知れない呪いに近付いてもらうのは危険だろう。

となると……証拠を潰《つぶ》してしまうことになるが、解呪するしかなさそうだな。


「魔法転送――解呪・極」


俺は箱に向けて魔法を放つ。

すると、箱は『術式解析』に反応しなくなった。

どうやら、普通に解呪魔法が効く呪いのようだ。


『大丈夫そうなら降りてくれ』


俺はスラバードを囲う結界魔法を解呪し、そう告げる。

結界を解除すると、呪いの感触が戻ってきた。

呪いの元凶を解呪しても、それが撒《ま》き散らした呪いまでは消えないようだ。

『わかった〜』

そう言ってスラバードが、高度を落とし始める。
俺は慎重に様子を見ながら、解呪魔法を連発する。
こうすることによって、スラバードの周囲だけでも呪いを薄めておこうというわけだ。

『魔法転送――解呪・極、魔法転送――解呪・極』

解呪魔法を次々に放ちながら、スラバードが地面へと降りていく。
そしてついにスラバードは、地上へとたどり着いた。

『降りられた〜』
『大丈夫そうー』

スライムは、そう言ってスラバードから降りる。
スラバードにあまり重い荷物を持たせるわけにはいかないので、普段ほどの数ではないが、それなりの数が合体した状態だ。

『分裂して、別々の方向を向いてくれ』

『『『分かったー』』』

スライムがそう言って分裂し、背中合わせのような形で塊になる。

俺はそこに、魔法を転送する。

『魔法転送――解呪・極』

すると……嫌な感覚が消えた。

とりあえず、スライムの周囲にあった呪いはすべて解呪できたようだ。

そしてスラバードのちょうど足元には、箱と浮きをつなぐひもがある。

『スラバード、箱についてるひもを持てるか？』

『やってみる～』

そう言ってスラバードが紐《ひも》を持ち、上空へと上がろうとする。

だが、ちょうど箱のところまで紐が持ち上がったところで、高度は上がらなくなってしまった。
浮きはなんとか持ち上げることができたようだが、箱はスラバードの力では無理なようだ。

『うーん……無理っぽい……！』

『分かった。ありがとう』

できれば箱を安全な場所まで運んでから解体したかったのだが、それは難しいようだ。
まあ、スラバードはあまり力が強くないので、当然といえば当然だろう。

『主よ、私が引っ張ったほうがいいか？』

『いや……移動させるのは諦《あきら》めよう』

確かにエンシェント・ライノの力であれば、あれを引っ張ることはできるだろう。
エンシェント・ライノは海底を走ることもできるので、あそこまでの移動も可能だ。
だが、あの箱は頑丈な鋼鉄などではなく、ただの木箱だ。
浮きでなんとか浮かせられる重さにするためなのかもしれないが、いずれにせよ、さほど頑丈ではないのは確かだろう。

エンシェント・ライノが引っ張って海底にぶつけでもすれば、バラバラになって中身が出てきてもおかしくはない。

中身によっては、深刻な海洋汚染事故になってしまう。


そう考えると、まだ陸地にあるうちに解体してしまったほうがマシだろう。

ここまで来て中身を見ないという選択肢はないが、ここなら比較的安全に解呪できそうだからな。


『スライム、10匹で木箱の周囲を囲ってくれ』

『『分かったー』』

『残ったスライムは、外側の警戒だ』

『『りょうかいー』』


俺はスライムたちに、解体の準備を指示する。

過半数のスライムたちを外側に向けているのは、呪いの影響がなくなったことで、段々と魔物がこちらに近付くようになってきているからだ。

この調子だと、そのうちスライムたちのところまで来るかもしれない。

『スラバード、木箱の真上を避けて、いつでもスライムを回収できる場所に移動してくれ』

『このへん～？』

『いい感じだ。魔法転送――対物理結界、魔法転送――対魔法結界』

俺はスラバードを守るように、2枚の結界魔法を展開した。

こうしておけば、何かあった時にもスライムだけ気にしておけばよくなる。

『魔法転送――対物理結界、魔法転送――対魔法結界』

俺はさらに、木箱の周囲に結界魔法を張る。

相手が呪いである可能性が高いのに『対物理結界』を使っているのは、以前に解呪した魔石から魔物が現れたことがあったからだ。

それに、壊した時に飛び散ったりすると危ないしな。

『魔法転送――風刃《ヴィント》』

俺はスライムに、風魔法を転送する。

あまり使った経験のない魔法だが、昔魔力消費の実験で使った『小風刃』の上位魔法……魔力消費でいうと『火球』と同ランクの風魔法だ。

火球と比べれば威力は低いが、爆発《ばくはつ》などが起こらないため、周囲を巻き込みにくい魔法だ。

いきなり爆発魔法などを撃ち込むよりは、まだ危険が少ないだろう。

魔法が着弾すると、木箱の上端だけを切り取られ、地面へ落ちた。

狙《ねら》い通りだ。

上空のスラバードの視界を借りて見ると、中には黒い魔石が入っていることが分かった。

木箱の中に入っているのは、その魔石だけのようだ。


「術式解析」

汚染の呪い
土に染み込み、動植物を破壊する呪い。
高濃度だが徐々に減衰しており、そう長くない時間で消えると考えられる。

島にばらまかれた呪いは、この魔導具によるものだと考えてよさそうだな。

効果という意味では、『救済《きゅうさい》の蒼月《そうげつ》』がドライアドの森に置いた魔石と似ているが、あれはそんなに持続時間が短いものではなかった代わりに、木などを枯らす効果はさほど強くなかったはずだ。

あの魔石の効果時間を減らす代わりに、効果を強めたようなイメージだな。

だが、今もやはり『救済の蒼月』が動いた様子はない。

オルダリオンという街は『救済の蒼月』に乗っ取られているが、色々な理由であえて監視をつけたまま泳がせている。

そこから得られる情報は、今回の件に『救済の蒼月』が……少なくともオルダリオンが全く関《かか》わっていないことを示していた。

『魔法転送――解呪・極』


俺がスラバードから解呪魔法を撃ち込むと、黒かった魔石は赤へと変わり、次の瞬間に砕け散った。

特に何か異変が起きる様子もない。

俺はそれを確認してから、他の箱も一つずつ、先程と同じ方法で解呪して回る。

そうして、すべての箱の呪いを解き終わったが……島に変化はなかった。

島の土地に残った呪いも、相変わらず残っている。

予想はしていたが、やはり今更元凶を排除しても、撒き散らされた呪いにまでは効果がないようだ。

解呪が終わったにも拘わらず魔物が近付いてこないのも、周囲の地面にはまだ濃い呪いが残っているからだろう。

『解呪できたみたいだが……島には影響がなさそうだな』

『ダメっぽいー』

魔石は砕けたが、やはり周囲の呪いまでは解けていないようだ。

ドライアドの森の時には、魔石が砕ければすぐに周囲の呪いも消えたので、その意味でも別物だな。

などと考えていると、悲鳴が聞こえた。

魔物が近付かないよう、周辺警戒にあたっていたスライムの1匹だ。

『ぎゃーっ！』

『どうした⁉』

俺は急いでスライムに『感覚共有』を発動するが、特に魔物に襲われていたりする様子はない。

スライム自身にも、特に異変が起こっている様子はない。

だが次の瞬間、俺はこの世界に来てから初めての光景を目にすることになった。

なんと……スライムが、口から葉っぱを吐き出したのだ。

『ここの葉っぱ、おいしくないー』

どうやらスライムが悲鳴をあげたのは、下草を食ったからだったようだ。

彼が配置されていたのは砂浜の端付近……ギリギリ草が生えているあたりだったので、なんとなく足元にあった草を食べたのだろう。

人気のない場所でなら、スライムが文字通り道草を食うのは珍しいことではないが……呪いで植物が枯れた島では、あまり得策とはいえなかったようだな。

『食わないほうがいいと思うぞ。……『解呪・極』』

俺は草を食べたスライムに、解呪魔法をかける。

呪いの内容に、『動植物を破壊する』と書かれていたので、この呪いはスライムにも有効ということなのだろう。

『大丈夫か？』

『もう、だいじょぶー！』

どうやら大事には至らなかったようだ。

スライムが勝手にやったこととはいえ、この島の草がスライムでさえ吐き出すレベルの代物だと分かったのは収穫だな。

それと、木箱に浮きがついていたことで、魔物だらけで上陸が難しい島に呪いを広げた方法も見当がついた。

恐らく犯人たちは島に船で近付いて、浮きをつけた木箱を海に放り込んだのだろう。

波で島に向かって木箱が動かされて打ち上げられれば、任務完了というわけだな。

いくつも木箱があるのは、単純に呪いの量を増やすという理由の他に、いくつか島に届かなかった場合への保険という面もあるのかもしれない。

いずれにせよ、大量に呪いの木箱を用意してあちこちにばらまくという、かなりの計画性と力のある組織がやった可能性が高いだろう。

呪い絡みなので、もしかしたら『研究所』や『救済の蒼月』と似たような組織が関わっているのかもしれない。

ギルドが木箱に気付いていなかったのは、これが砂浜にあったからだろうな。

砂浜の付近は水深が浅く、座礁の危険が伴う。

島に接近する時には崖の側から行くのが普通なので、砂浜の……それも、さほど大きくない木箱に気付かないのは、仕方がないだろう。


『スラバード、一度スライムを回収してくれ』

『わかった〜！』


そう言ってスラバードが、合体したスライムを摑《つか》んで飛び立つ。

呪いが薄いところまで飛んで、スラバードが口を開く。


『かえる〜？』

『いや、その前に少しだけ調べたいことがある。……一番呪いが薄いところに行ってくれないか』


俺が調べたいのは、まだ島の中にいる魔物が、汚染されていない状態の『地母神の霊薬』を持っているのではないかという可能性だ。

ギルドの調査は、たった1匹の魔物を調べただけのようだったからな。

もしギルドが倒したのがたまたま汚染のひどい魔物だっただけなら、比較的呪いが薄い島などで多めに魔物を倒せば、必要量が集まるという可能性もある。
木箱を置いた誰《だれ》かが計画的にやっているのだとすれば、そんなことはできないように準備をしているという可能性が高いが……可能性があるなら、一応は試してみるしかないだろう。

『わかった～』

スラバードはそう言って、島の反対側まで飛ぶと、高度を下げていく。
すると、地面にいた魔物たちがスラバードを見つけ、集まってきた。
やはり木箱がない場所でスラバードが見つかると、こうなるようだ。

『まもの、いっぱいいる～』
『なんか、おこってるー！』
『ゴアアアァァー！』
『ガアアアアァァゥ』

確かに言われてみると、魔物たちの様子は普段戦う時などに見るのに比べて、ずいぶんと凶暴そうに見える。

普段戦う魔物は、凶暴でありつつ理性は失っていないような感じが多いのだが……この魔物たちは、なんとなく冷静さを失っている感じだ。

毛並みなども、なんとなく荒れている感じがする。

スライムすら葉っぱを吐き出す環境でしばらく生きていると、こんな感じになるのかもしれない。

魔物の死体が見当たらないのは、他の魔物に食われたのか……あるいは呪いがばらまかれてから時間が短いので、まだ死にまでは至っていないだけの可能性もあるな。

まあ、やることは変わらないのだが。


『魔法転送──対物理結界』


俺はスラバードの下に、結界魔法を発動する。

結界魔法は、空中での足場としても便利なのだ。

『魔法転送――対物理結界、魔法転送――対魔法結界』


俺はもう一度対物理結界を発動し、スライムたちが乗っている結界の真下にいる魔物を囲った。

これで魔物に逃げられることはないし、倒した魔物を回収する時に外から邪魔されることもないだろう。

対魔法結界を張ったのは、俺自身の魔法によって結界が壊れてしまわないためだ。


『スラバード、スライムを結界に下ろしてくれ』

『わかった～』

『スライム、分裂してくれ』

『『わかったー』』


結界の上で、スライムたちが分裂する。

スライムは分裂するとなぜか合計の重さが増えるので、スラバードの手には負えない重さになってしまうのだ。

そのため空中で分裂させようとすると、こうやって一時的な足場を用意する必要があるわけだ。

『ファイアスライム以外、等間隔に並んでくれ』

『わかったー』


俺の言葉を聞いて、スライムたちが等間隔に並ぶ。

ちなみにファイアスライムというのは、そういう種類のスライムがいるわけではない。

極端に炎属性適性の高いスライムを、分かりやすさのためにそう呼んでいるだけだ。

今回リパウイ島に派遣したスライムは、1匹のファイアスライムを除いて、炎属性適性2で統一してある。

『火球』を撃っても、ベリジスにいたレベルの魔物の内臓までは焼けないと判断したのが、このレベルだ。

1匹だけファイアスライムを混ぜたのは、緊急時などに全力で戦う時に必要だからだ。


『魔法転送――火球』


俺は等間隔に並んだスライムたちに、火球を転送する。

すると、魔物たちは避けようともせず魔法に当たり、倒れていった。

一部の魔物はむしろ自分から火球に当たりにいったようにも見えたな。

火球が餌か何かに見えたのか、呪いによる苦しみから逃れたかったのか……いずれにしろ、少し魔物がかわいそうになってくるくらいだ。

『魔法転送――範囲凍結・中』

『魔法転送――解呪・極』

俺はさらに、解呪魔法と凍結魔法を発動し、魔物と地面をスライムが回収しても安全な状態にする。

そうして、『術式解析』でもう呪いが残っていないことを確認する。

『結界を解除したら、すぐに魔物を全部収納して合体してくれ』

『『『わかったー！』』』

『スラバード、スライムが合体したら、スライムを持って飛んでくれ』

『わかった～』

俺が結界魔法を解除すると、地面に降り立ったスライムたちが魔物を収納し、合体した。

スラバードはそれを摑んで飛び立つ。

第八章

それから数時間後。

俺《おれ》は人気のない森の中で、焚《た》き火をしていた。

焚き火は魔法の火ではなく、木を切って『スライム乾燥』で乾かしたものだ。

『スライム乾燥』は魔力を使わないので、魔力が紛れ込むこともないだろう。

薪に火が広がるのを待ちながら、俺はスライムに出してもらった魔物から、内臓を取り出していく。

幸い、『超級戦闘術』は魔物の解体にも発動してくれるようで、解体には苦労しなかった。

しかし……イビルドミナスの冒険者たちがベリジスでやっていたのに比べると、やや速度が見劣りする。

『超級戦闘術』が同じ作業の速度で負けるのは、これが初めてかもしれない。

「あの冒険者たち、すごかったんだな……」

そう呟《つぶや》きながら俺は、焚き火に内臓をくべていく。

あとはこれを灰になるまで焼いて、『地母神の霊薬』を取り出せばいいというわけだ。

◇

さらに半日ほど後。

一度沈んだ日がまた登り始めた頃になってようやく、すべての内臓が灰になった。

『ゆーじー、もう朝だよー』

『あかるくなってきたー』

スライムたちも、朝の訪れを告げる。

徹夜での焚き火に付き合わされたスライムたちは……意外にも、機嫌がよかった。

焚き火の炎を利用して、焼き肉（もちろん呪われていない魔物が材料だ）を沢山食べることができたからだ。


今回は初めてベリジス産の魔物で焼き肉をしてみたのだが、なかなか好評だった。

やはり特殊な肥料が採れる島の魔物はいいものを食べているようで、脂が乗っているのだ。


ちなみに俺は、その肉を食べられていない。

別にスライムに取られたわけではなく、単純に忙しかったのだ。


内臓を灰まで綺麗《きれい》に燃やすには、意外と苦労した。

水分を含んでいる上に、油断するとすぐに炭のようになってしまって、きれいな灰にならないのだ。

最後のほうは、ほとんど炭になったものを、頑張って燃やしていたような感じだ。

火の番の冒険者たちが苦労しているのを見て、理由を少し疑問に思っていたところはあったが……自分でやってみるとよく分かる。

ものを燃やして完全に灰にするというのは、意外と苦労するものなのだ。

だが、それもようやく終わりがきた。
俺は最後の薪が燃え尽きたのを確認してから、灰をスコップですくう。
そして、テーブル代わりの結界魔法の上に載せた。

俺はさらに、持ってきたうちわで灰をあおぐ。
こうすることによって、灰に比べると重い『地母神の霊薬』だけが残るというわけだ。
すると……あとに残った塊の一部は、真っ白い色をしていた。
タガスが持っていた『地母神の霊薬』と似たような見た目だ。

「これは……『地母神の霊薬』か?」

灰が混ざっているだけではないことを確認するために、もう一度うちわで粉を仰《あお》ぐ。
だが白い部分は、ピクリとも動かなかった。
明らかに、灰よりは重い物質だ。

「やっぱり、少しはとれるみたいだな」

俺はそう言いながら、集まった白い粒を一つずつ拾って、小瓶《こびん》に詰めていく。

量としては全体の5分の1あるかどうかだが……ゼロに比べればずっといいだろう。

ある程度の入手方法が国内で見つかれば、ギルドや国も交渉がしやすいだろうからな。

問題は、この話をどうやってギルドに伝えるかだ。

俺がやったことを直接伝えるとなると、ギルドは俺を『リパウイ島に単独で上陸した』と勘違いすることになるだろう。

魔法転送やスラバードについて説明するわけにもいかない以上、その誤解を解く手段がないのだ。

ギルドがそういった誤解をすれば、『救済《きゅうさい》の蒼月《そうげつ》』や『研究所』のような犯罪組織にまで、その誤解が伝わってしまう可能性もある。

オルダリオンなどはギルドが丸ごと『救済の蒼月』に乗っ取られているし、『研究所』の内部にもギルド内部からと思《おぼ》しき情報は少なくなかった。

冒険者ギルドはほとんどの街に支部を持つほどの巨大組織なので、どこかにスパイを紛れ込ませるくらいは簡単なのだろう。

そのため、ギルドに情報を伝える時にも、色々と気をつける必要はあるのだ。

となると別の……もっと情報の出どころが分からないような方法を使う必要がある。


しかし、それが難しい。

誰《だれ》か信用できる人間に『情報源を隠してくれ』と頼んだとしても、結局は誰かに出どころを探られてしまうだろう。

できればもう少し、安全な手を探したいところだ。


などと考えていると、スライムが声をあげた。


『ゆーじー！　ゆーじー！』

『なんか、呼んでるー！』


そう告げたのは……この場にいるスライムではない。

シュタイル司祭のもとに常駐し、連絡役になっているスライムだ。

連絡役と言っても、普段はシュタイル司祭のもとで暮らし、餌をもらっているだけなのだが……何か伝えたいことがある時には、とても役に立つ。

司祭に神託か何かをでっちあげてもらうのは、一瞬考えたアイデアだ。

だが『地母神の霊薬』を大量に確保できるならともかく、『問題のなかった島に比べて10分の1くらい確保できました』では、ちょっと情報として重要度が低い気がする。

そう考えて司祭には連絡していなかったのだが、向こうから連絡が来たとなれば話は別だろう。

「お久しぶりですね、ユージさん」

「ああ。最近忙しいみたいだったが、何かあったのか？」

俺は司祭に、そう尋ねる。

司祭のもとに派遣しているスライムは、別に四六時中司祭の動きを見張っているというわけではない。

司祭本人というよりは、司祭が拠点としている教会に住み着いているような感じで、外出時などはついていかないのだ。

敵などにつける監視と違って、別に動きを見張ろうというわけではないからな。

本人にバレずに尾行することはできるかもしれないが、それこそ神託などでバレることがあれば大問題だ。

神託などという得体の知れない力を持っている相手には、バレて困るようなことをしないのが一番だろう。


そのため俺は、司祭の動きをあまり知らない。

とはいえここ最近は外出が増え、教会で祈っている時間が減ったのは確かだ。

用事がなければ1日中教会で祈っていることもある司祭なので、祈る時間が減ったということは、それなりの理由があるのだろう。


「はい。今回は神託ではないのですが、『湿り日照り』について何か、ご存知《ぞんじ》のことはないかと思いまして」

「最近忙しかったのは『湿り日照り』の関係か?」

「はい。呪《のろ》いや得体の知れない魔法への対処といえば、元々は教会の仕事ですから」

なるほど、確かに言われてみれば、呪いを扱うのは教会の仕事という印象はあるな。

『湿り日照り』への対処はあちこちで行うという話だったし、シュタイル司祭は教会の中でかなり頼りにされているようなので、司祭が呼び出されるのも当然といったところか。


「教会では、何かいいアイデアが見つかったか？」

「いいえ。狭い範囲に集中した呪いならともかく、ここまで広範囲に広がった呪いへの対処となると、大掛かりな儀式魔法が必要になってしまいます」

「大掛かりな儀式をやれば、呪いを消せるのか？」

「薄い呪いであれば、国全体を解呪《かいじゅ》できる儀式は存在します。……ただし、10年ほどかかりますが」


無意味だな。

みんな餓死した後で畑が蘇《よみがえ》っても、何の意味もない。

そもそもドライアドの話だと、放っておいても5年ほどで呪いは消えるという話だったはずだ。


「現実的な時間でなんとかする方法はないってことか」

「はい。今のところ『地母神の霊薬』が唯一の対策ですね」

「……やっぱりそうか……」

「はい。今年分は何とかなったようですが、来年分は今のところ、国内では確保できそうにありません」

その情報も伝わっているのか。

島の呪いについても話したくなってくるが……ギルドとの契約で、あの件については話せないことになっている。

いくら相手がシュタイル司祭でも、勝手に話すわけにはいかないだろう。

ここはとりあえず、知らないふりをしておくか。


「来年分は難しいのか？」

「はい。ギルドは冒険者に調査協力を依頼したとのことでしたが、あの冒険者は別の方でしたか？」

「……何の話だ？」

「リパイア島をはじめとする『地母神の霊薬』産出地に呪いがもたらされ、『地母神の霊薬』が茶色く変色してしまったという話です。……呪いに詳しい匿名の冒険者にリパイア島を調査してもらい、原因を呪いだと特定したとのことでしたが……勝手にユージさんだと思い込んでいたようです」

なるほど、そこまで聞いているのか。

どうやら調査に協力した冒険者の名前はシュタイル司祭にすら伏せられているようだが、司祭はお見通しだったらしい。

まあ、司祭が得体の知れない情報源を持っているのは今更なので、気にしても仕方がないのだが。

「それって、部外者に話してもいいやつだったのか？」

「話すなとは言われていますが、人の言葉より神の言葉のほうが重いですから。……ユージさんにあらゆる協力をしろとの神託は、今も有効です」

神の命令さえあれば、人間の言葉は簡単に破るというわけか。

人間としてはいまいち信用できないが……今までシュタイル司祭は色々と役に立ったので、一旦《いったん》は味方だと思っておこう。

とりあえず神託が敵に回らないうちは、シュタイル司祭も味方だと考えていいはずだ。

シュタイル司祭がケシスの短剣をくれなければ、今頃《いまごろ》俺はこの世にいない可能性も高いしな。

「その冒険者は俺だ。ギルドに隠せと言われたから隠していた」

「ああ、やはりでしたか」


隠すのはやめにした。

呪われた『地母神の霊薬』の色や、俺が調査に行った島まで知っているということは、司祭はギルドの動きについて俺より詳しいと考えていいだろう。

俺は島の調査の時に受付嬢に聞いた話くらいしか知らないからな。


「ちなみに、島の独自調査なども行われましたか？」

「……神託で聞いているのか？」

「いえ、あくまで予想ですよ。……デライトの青い龍もギルドに隠して一人で倒しに行かれましたし、今回もそういった話かなと思いまして」


あまりに当たりすぎて逆に怪しい。

一応盗聴器みたいな魔導具がないかどうかには気をつけて、たまに服などをすべて『術式解析』しているのだが、そういったものは見当たらなかった。

恐らく本当に、今までの行動などから予想しているだけなのだろう。

とはいえ、隠してもあまり意味はなさそうだ。

むしろ出どころ不明のままギルドに情報を伝えるいいチャンスだろう。

情報源をごまかすという点において、シュタイル司祭を超える人間は他に知らないからな。


「リパウイ島を調べた。そんなに詳しい調査ではないけどな」

「調査結果はどうでしたか？」

「呪いの薄い場所にいた魔物からは、少しだけ白いままの『地母神の霊薬』が採れた。元々の1割から2割くらいだな」

「……1割から2割……つまり同じ量を確保するには、ベリジス島の10倍の期間が必要というわけですか」

「ああ。呪いが薄い場所を選んでこれだから、実際にやるのは厳しいと思うけどな」


当然だが、呪いが薄い場所はそんなに広くない。

1日も経《た》たないうちに、呪いの薄い場所にいた魔物はいなくなってしまうだろう。

比較的呪いがマシな島を探せば、もう少しくらいはいい結果になるかもしれないが……まったく汚染されていないベリジス島ですらギリギリの量だったのだから、汚染された島で十分な

『地母神の霊薬』が確保できるとは思えない。


「原因はわかりましたか？」

「浮きのついた木箱に呪いをばらまく魔導具を仕込んで、島に向かって流したみたいだ。木箱を解呪しても効果はないらしい」

「やはり人為的なものでしたか……」


木箱の話を聞いても、司祭は驚いていないようだ。

まあ状況からして人為的なのは明らかなので、当然といえば当然だが。


「ああ。犯人は分からないが、自然にできた呪いじゃないのは確かだな」

「犯人は恐らく、リゼア公国でしょう。現在王国との間で、『地母神の霊薬』の取引を交渉している国です」

「……交渉している国があるのは知ってたが、名前までは初めて聞いたな」

「そうでしょうね。国内でもトップレベルの機密事項とされていますから」


どうやら『地母神の霊薬』を高く売りつけようとしているのは、リゼア公国という国のようだ。

初めて聞く名前の国だが、なかなか気合いの入った欲張りの国らしいな。

企業……この世界でいうと商会の単位で利益《りえき》のために何でもやるのは割とよくあるが、国としての交渉でそれをやるのはなかなかという感じがする。

「ちなみに、どのくらい吹っかけてきてるんだ？」

「王国……我々ビース王国の領地のうち、北4分の1を住民ごとよこせと言ってきています」

「その提案についてはどう思う？」

「言語道断です。もし国が条件を飲むなどと言うなら、あらゆる手段で抵抗するつもりです」

シュタイル司祭にしては強い言葉だな。

神が絡《から》む話ならともかく、人間同士の争いに関してはあまり干渉しないイメージだったのだが。

それとも、神絡みで何かあったのだろうか。

「リゼア公国は神の敵か何かなのか……？」

「はい」

俺の言葉に、シュタイル司祭はそう即答する。

有無を言わさない口調だ。

「……異教か何かの国ってことか？」

「いえ、表向きは我々と同じ神を信仰していますよ。実際、あの国の教会には敬虔《けいけん》な信徒たちも沢山います」

「表向きは？」

「国民ではなく、今の国を牛耳っている者たちは神の敵のようです。……神は『神の敵により支配されている』とだけ仰ったので、具体的に誰が行っているのかは分かりませんが」

なるほど、やはり神託だったか。

神は真龍絡みの話にはよく出てくるが、人間同士の争いには関与しないイメージだった。

「国同士の争いみたいなものに、神が関与するのか？」

「……我々人間の身では、大いなる神のお考えを完全に理解することなどできません」

まあ、司祭ならこう答えるか。

司祭はたまに（神の意志を実現するためとはいえ）神託をでっち上げるので、神託と言われてもそれが本当に神から聞いたものなのかは怪しいところもあるが。

「とはいえ今までの歴史書や神学書から、神託の傾向を推測することはできます。……分からないなら分からないなりに神のご意志を理解しようとするのは、教会の最も重要な役目ですから」

「今までの傾向からいくと、どうなんだ？」

「……今まで我らが神は人間同士の争いに関与しませんでした。たとえ信徒の国が異教徒の国に滅ぼされる時であっても、神はそれを傍観なさりました」

やはりイメージは結構合っていたようだ。

今まで神がどうとかいう話は、ほとんど真龍か、世界を丸ごと滅ぼそうとする犯罪組織絡みだったからな。

真龍も完全体になれば単独で世界を滅ぼせる存在には違いないので、要は世界が関《かか》わってくる話ということだ。

「つまり、今回の件は世界全体が関わってくる話ってことか？」

「私個人としては、その可能性が高いと思っています」

司祭も同じ感想か。

『研究所』をなんとかしたと思ったら、今度は他国が何か仕掛けてくるらしい。

正直なところ、あまり驚いてはいない。

というか、もう慣れた。


この世界が、石を投げれば犯罪組織に当たるような物騒な場所だということは、すでになんとなく理解している。

王国内だけでなく他国にも色々あったとしても、今更驚くようなことでもないだろう。


「対策方法に関して、なにか神託があったりするか？」

「神からは特にありませんが、国はすでに対策の準備を進めているようです」

「……どういう方法だ？」

「リゼア公国に戦争を仕掛け、『地母神の霊薬』を奪い取ります」


思ったより直接的で強引《ごういん》な手だった。

確かに国同士の争いとしては、一番分かりやすい手ではあるが……ただでさえ『湿り日照り』の影響で食料確保の厳しい時期に、戦争までやるのか。

それこそ共倒れになってしまう可能性が高いんじゃなかろうか。


仮に勝てるとしても、時間の問題がある。

来年の同時期までに『地母神の霊薬』を確保する必要があるとすれば、今からたった1年で戦争を終わらせ、『地母神の霊薬』を奪い取り、国に持ち帰る必要があるのだ。

戦争というもの自体に伴う色々な問題を無視して、作戦として実現可能かだけを考えても……あまりうまくいきそうにはない気がする。


「司祭は戦争についてどう思う？」

「得策ではないと思います。戦争の前線に出てくるのは国の支配層ではなく、ただの一般市民でしょう。正面からの正規戦よりは、支配層の暗殺などのほうがいいかと」


これもまた物騒な意見だな。

とはいえ、確かに正面から戦争をするよりはずっとマシな気もする。

うまくいけば時間もかからないだろうしな。

「できればユージさんも暗殺に協力して頂けると、大変ありがたくはありますが……」

「……それは、しばらく考えさせてくれ」

「もちろんです。……元々やるとしても我々だけで行うつもりでしたから」


俺は冒険者であって暗殺者ではないので、いきなり国の偉い人の暗殺計画に加わってくれと言われても困る。

スライムで監視をしているうちに、他に手がないので仕方なく攻撃をすることはあるが……

相手は基本的に犯罪組織の人間であって、国などではないからな。


とはいえ、参加する可能性がゼロかというと、そういうわけでもない。

もし公国の上層部が国ごと『研究所』や『救済の蒼月』のような組織に乗っ取られているとしたら、何かしら対処はする必要があるだろう。


俺は別に、自分と関係のない国を助けようなどという気はない。

逃げて何とかなるなら、迷わず逃げるだろう。


だが『研究所』や『救済の蒼月』は、そういう相手ではなかった。

『救済の蒼月』は『万物浄化装置』で大陸を丸ごと滅ぼそうとしたし、『研究所』は『黒き呪いの龍』で世界を滅ぼそうとした。

今この国が飢饉《ききん》の危機に瀕《ひん》しているのも、もとはといえば『研究所』がばらまいた呪いの影響なのだ。


そう考えると、公国に国の4分の1を与えるというのは、確かに危険な手という感じがするな。

領地の税収を欲しがるくらいならともかく、他のロクでもないことに使われる可能性だってある。

何かしら理由をつけて、ヤバい儀式の生贄《いけにえ》に捧《ささ》げたりとかな。


とはいえ、そのあたりを判断するのは国だ。

今のところ国の4分の1を売り飛ばすつもりはないようだが、戦争などといった手が成功しないようなら領土を売り飛ばす可能性もゼロとは言えないだろう。

国全体の畑が全滅するのに比べれば、4分の1を売り飛ばしたほうが被害が少ない可能性だってあるのだから。


「……代わりの案は何か出てるのか？」

「教会は自力での『地母神の霊薬』調達を行い、失敗すれば諦《あきら》めて飢饉を受け入れるという提案を行いましたが……却下されてしまいました」


まあ、そのくらいしか手がないといえばないのかもしれないが。

それもなかなかひどい提案だな……。

自国民を見殺しにするってことか。


「他にもっとマシな手はないのか？」

「一応、案としては2つありますが……我々の力では、なかなか実現が難しいかと」

「どんな手だ？」

「一つは公国の『地母神の霊薬』が収められている倉庫を発見し、突発的な攻撃で必要量を奪い取る……あるいは盗み出すという手です」


なるほど、確かにアイデアとしては悪くなさそうだな。

正面から戦争を挑むよりは、不意打ちで倉庫を一つ落とすほうがずっと簡単だろう。

奪い取った後、公国の目をかいくぐって王国に運ぶのには苦労するかもしれないが……方法としては考えられなくもないかもしれない。

「いけそうなのか？」

「恐らく警備は厳しいでしょうが、可能性はあるかと。……ただ、公国は『地母神の霊薬』のありか自体を厳重に秘匿しているようで、今のところ場所の見当がついていません」

「場所が分からないと、手の出しようがないか……」


スライムを忍び込ませるという手はあるが、場所の見当もついていないとなると、探すには骨が折れそうだ。

公国にスライムを忍び込ませて情報を探っていくというのも一つの手だが、全く知らない国にスライムたちだけを忍び込ませるわけにもいかないので、やるとしたら俺も行くことになるだろう。

何かあった時、スライムだけだと対処に限界があるからな。


「もし場所が分かったら教えてくれ。手伝えるかもしれない」

「ありがとうございます」


倉庫の場所に関してはシュタイル司祭……というか教会か王国が動いているようなので、とりあえず調査は任せることにした。

もし倉庫の場所が分かり、そこから『地母神の霊薬』を盗み出すような段階になれば、スライムたちはまさに適任だろう。

まあ、泥棒の片棒をかつぐみたいで気が進まないが……相手は先に王国の島に呪いをばらまき、『地母神の霊薬』を破壊しているのだ。自業自得といったところだろう。


「ちなみに、もう一つの手は何なんだ？」

「無人島から『地母神の霊薬』を採掘します」


無人島から……。

この前、俺たちがベリジスでやっていたのと同じことではないだろうか。

それをする場所がなくなってしまったから、困っているのだが。

「もしかして、解呪した『地母神の霊薬』が使えたのか？」

「農家のタガスさんに頼んでいたものですか？　……一度呪われたものは、効果がなかったようです」

やっぱりそうだよな。

『地母神の霊薬』の魔力は呪いの中和に使われてしまったという話だし、力が残っていないのも無理はないだろう。


「じゃあ、どうするんだ？」

「調査はできていませんが、呪われていない可能性が高い島があります」

「……調べてないのに分かるのか？」

「はい。呪いが船を使って運ばれたのであれば、ヤボイグ島は汚染されていないはずです。……未採掘の『地母神の霊薬』鉱脈が残されている島なので、魔物から取り出す必要もありません」


なるほど、そんな素晴らしい島があるのか。

……などと思うほど、俺は楽観的ではない。

そんな島が、何の理由もなく残されているわけもないのだ。


「なんで鉱脈が残ってるんだ？」

「魔物が多すぎて、採掘できないからです」

「どうして呪われてないって分かる？」

「船が近付くと魔物に沈められてしまいますし、木箱も島に届く前に沈められてしまうでしょう」

ああ、やっぱりそういうことだよな。

なんとなく予想はついていたが、ロクな島ではないようだ。

とはいえ、今までに出た選択肢の中では最もマシなのが、その島の攻略であることも確かだ。

国同士の戦いに首を突っ込むのに比べれば、魔物だらけの島をなんとかするほうがまだ楽だろう。

炎魔法がダメだとしても、『永久凍土の呪詛《じゅそ》』あたりを使って島ごと氷漬けにする手も思いつくしな。

「ちなみに……もし出どころ不明の『地母神の霊薬』が手に入ったとしたら、それを有効活用できるか？」

「お任せください。……もしかして、心当たりがおありですか？」

「期待はしないでくれ」

俺はそう言って、ギルドの受付嬢にもらった地図を取り出す。
確かに『ヤボイグ島』の名前が、地図の端に書かれている。
……一つ、試してみるか。

あとがき

進行諸島《しんこうしょとう》です。

はじめましての人ははじめまして。前巻や他シリーズ、そしてアニメからの方はこんにちは。

アニメ放送から1年ほど経ちましたが、最近は配信サービスがあるので、アニメや漫画からいらっしゃった方もいるかもしれません。

というわけで、本シリーズについて軽く説明させていただきます。

前巻までやアニメ、漫画などをご覧になった方はすでにお分かりの通り、本シリーズの軸は主人公無双《むそう》です。

なにかと物騒な異世界で、主人公とスライム達がひたすら無双します。

その軸はこの15巻に至るまで、1ミリたりともずれておりません！

そして、今後もずれる予定はありません！

ちなみにアニメ版では一部オリジナル展開があったので、レッサーファイアドラゴンの件くらいまでが原作ベースです。

具体的にどう違うのかは……ぜひ本編を読んでお確かめ頂ければと思います！


さて、今回はあとがき3ページということで、久々に設定解説タイムです。

本文に出せない設定などはこういう時に出していこうかなと。


今回は植物や肥料についての解説です。

イビルドミナス島といい、15巻で登場する島々といい、良い肥料が取れる場所はどこも危険地帯な上に、海の孤島です。

こうなっているのは偶然ではなく、魔法肥料が作り出される理由と関わっています。


魔法肥料は要するに、植物にとって使いやすい形の魔力です。

この魔力自体は、魔力濃度が濃い場所であればどこでも精製されます。

しかし、肥料となるような魔力は素早く広範囲に広がる性質があるので、広い大陸などのごく一部に肥料が作られるような環境が整っていても、魔力はあっという間に消費し尽くされ、結晶化には至りません。

ですが孤島の場合、島の全域が魔力濃度の濃い場所になることがあります。

その場合、生成された魔力には逃げ場がないので、どんどん島に蓄積していきます。

周囲の海の底などにも魔力は浸透していきますが、陸上と違って魔力を消費する草木が少ないので、長年かけて魔力濃度が上がっていくのです。

そして、魔力濃度が限界に達した時、魔力が結晶化し、魔法肥料が生まれます。


こういった事情で、魔法肥料が作り出される場所は海の孤島だけになっています。

もちろん魔力が濃い場所は魔物も生まれやすいので、危険地帯になります。

そのため冒険者達は肥料を入手するために、危険地帯の島へと向かう必要があるわけです。


というわけでページが埋まってきたので、謝辞《しゃじ》に入らせていただきます。

毎週押し寄せる確認物の中、あらゆる面でサポートを頂いた担当編集の皆様。

素晴《すば》らしい挿絵《さしえ》に加え、メディアミックス関連のイラストなどを描いてくださった風花《かざばな》風花《ふうか》様。

毎回魅力的なコミカライズを作って下さっている、彭傑様。

それ以外の立場から、この本に関わってくださっている全《すべ》ての方々。

そしてこの本を手にとって下さっている、読者の皆様。

この本を出すことができるのは、皆様のおかげです。ありがとうございます。
16巻も、今まで以上に面白いものをお送りすべく鋭意《えいい》製作中ですので、楽しみにお待ち下さい！

最後に宣伝《せんでん》です。
この本と同時に、失格紋のコミック版25巻、殲滅魔導のコミック版8巻が発売になります。
興味を持っていただいた方は、そちらもよろしくお願いいたします。

では、次巻や他シリーズ、コミック版などでまた皆様とお会いできることを祈りつつ、あとがきとさせていただきます。

進行諸島

GAノベル

転生賢者の異世界ライフ 15
～第二の職業を得て、世界最強になりました～

2023年12月31日　初版第一刷発行

著者　進行諸島
発行人　小川 淳
発行所　SBクリエイティブ株式会社
〒106-0032　東京都港区六本木2-4-5
03-5549-1201　03-5549-1167（編集）

装丁　AFTERGLOW
印刷・製本　中央精版印刷株式会社

ISBN978-4-8156-2119-3
Printed in Japan

ファンレター、作品のご感想をお待ちしております。

〒106-0032　東京都港区六本木 2-4-5
SBクリエイティブ株式会社
GA文庫編集部 気付

「進行諸島先生」係
「風花風花先生」係

本書に関するご意見・ご感想は
下のQRコードよりお寄せください。
※アクセスの際に発生する通信費等はご負担ください。

https://ga.sbcr.jp/

異世界転生×賢者
＝無双!?
「失格紋の最強賢者」ペアが贈る、
もう一つの異世界最強譚

マンガUP!
にて
大好評連載中
!!!
転生賢者の異世界ライフ
～第二の職業を得て、世界最強になりました～
原作 進《しん》行《こう》諸《しょ》島《とう》(GAノベル／SBクリエイティブ刊)
漫画 彭《ポン》傑《ジェー》(Friendly Land)
キャラクター原案 風《かざ》花《ばな》風《ふう》花《か》

最強のさらにその先を目指す、
戦う魔法使いの物語！
進行諸島先生×
風花風花先生の
大ヒットファンタジーを
殲滅魔導の
最強賢者
無才の賢者、魔導を極め最強へ至る
原作：進行諸島（GAノベル／SBクリエイティブ刊）
キャラクター原案：風花風花
漫画：月澪＆彭傑（Friendly Land）

コミカライズ！
マンガUP！にて
大好評連載中！
最強を目指す、
戦う魔法使いの物語！
失格紋の最強賢者
～世界最強の賢者が更に強くなるために転生しました～
原作：進行諸島（GAノベル／SBクリエイティブ刊）
キャラクター原案：風花風花
漫画：肝匠＆馮昊（Friendly Land）

第17回 GA文庫大賞
GA文庫では10代〜20代のライトノベル読者に向けた
魅力溢れるエンターテインメント作品を募集します！
書く、その先へ。
イラスト／はねこと
大賞賞金300万円＋コミカライズ確約！
◆募集内容◆
広義のエンターテインメント小説（ファンタジー、ラブコメ、学園など）で、日本語で書かれた未発表のオリジナル作品を募集します。希望者全員に評価シートを送付します。
※入賞作は当社にて刊行いたします。詳しくは募集要項をご確認下さい。
全入賞作品を刊行までサポート!!
応募の詳細はGA文庫公式ホームページにて
https://ga.sbcr.jp/